七人の兄たちは末っ子妹を愛してやまない3

登場人物紹介
ギゼル
トウエイワイド帝国の皇子で
モニカの兄。
警戒心の強い性格。
モニカ
またの名をウィタノス。
前世までは因縁があったが、
ミリィとの今の関係は大親友。
その友情はちょっと過激。
ミリィ
ダルディエ公爵家の
末っ子妹で転生者。
前世の因縁を解消し
愛されライフを満喫中。
動物遣いの天恵を持つ。

ルーカス
北部騎士団での修業のため、
ダルディエ公爵家へやってきた
ラウ公爵家の子息。
ミリィとは仲良し。
ユフィーナ
カロディー伯爵家の令嬢。
今回ある人への想いが
明らかになり……。
手芸が得意。
アナン
カナンの兄妹で
同様に公爵家で暮らしている。
従者志望で日々修業に励んでいる。
勉強は好きではない。
カナン
とある事情からミリィに救われ
公爵家で暮らす少女。
ミリィに心酔しており
髪結いが得意。侍女志望。

目次

七人の兄たちは末っ子妹を愛してやまない 3

第一章　末っ子妹は巻き込まれる

遊びに来ていたモニカがダルディエ領を去り、私と両親、ディアルドとジュードは、社交シーズンのために帝都へやってきていた。

すでに初夏に入り、社交シーズンも中盤に差し掛かっている。

夜会が行われる日、いつ見てもママは綺麗だと見惚《みと》れてしまう。夜会に参加するために美しく着飾ったママは、とにかく輝いていて、その横に立つパパもイケメンが増していた。相変わらずパパがかっこよくてデレてしまう。

また同じく夜会に参加するディアルドとジュードも正装をしていたが、うちの兄たちはイケメンだなと思う。騎士服とはまた違った格好よさがあり、マントのように肩にかけている袖付き上着が、素敵さを際立たせている。

ジュードは相変わらず女性的で綺麗な顔をしているけれど、正装姿の今日は普通に男性に見える。元々男性だけれど。

兄たちは普段とは髪形も違うため、少し印象が違うのだ。これは夜会でモテるだろうなと思いつつ、お留守番の私はエメルと屋敷の玄関ホールでお見送りをする。

テイラー学園に通う兄たちはみんな寮に入っているが、エメルは通いである。エメルはカイルの側近なので、皇宮で仕事があるからだ。そして今日はそのカイルがお忍びでやってきたので、エメルと三人で夕食をしてベッドに入った。

「いつか二人がいる時に、テイラー学園に遊びに行くね。今回は社交シーズンもうすぐ終わるから、来年になるかもしれないけれど」

「テイラー学園に？」

「うん。ディアルドが卒業する前から、もう何度も見学に行っているの。男の子としてだけれど」

他の兄がいる時にテイラー学園の見学には行ったことはあるけれど、二人がいる教室には行ったことがないので、行ってみたいと思っていたのだ。

カイルは驚いた表情をして、エメルはくすっと笑う。

「そういえば、前にジュード兄上に渡されるはずの手紙をミリィが添削したと聞きましたよ」

それはジュードが卒業する前の話だ。

「だって手紙を拾ったのだもの。誰のだろうと思って、落とし主の名前を確かめるために中を見たら、ジュード宛てだったの。落とし主に返す前に言い回しが変なところだけ修正をしただけよ。そしたらその人、ちゃんとそれを清書してジュードに渡していたわ」

「でも相手は男性だったのでしょう」

「それはまあ……人を好きになるのは止められないもの。その手紙を貰ってどんな返事をするのかは、ジュード次第だから」

私は別に男性が男性を好きになろうが、気にならない。ただ、ジュードがどんな反応をしたのかは想像できる。二人もジュードの反応が想像できるのか、エメルもカイルも肩を震わせている。

「でもミリィとテイラー学園で一緒に学べるのは楽しそうですね」

「そうだね。俺とエメルと三人で並んで座ろうか」

「それはいいわね！　すごく楽しみになってきたわ！」

もう寝る前だと言うのに、盛り上がる三人だった。

エメルとカイルにお休みのキスを貰い、目を閉じる。モニカのお陰で前世の悪夢を見ることがなくなり、兄に囲まれて平穏な夢の中へ誘われるのだった。

◆
◆
◆

社交シーズンが終わり、私と両親、ディアルドとジュードはダルディエ領に戻ってきた。

私は十歳になった。この現世に生まれてもう十年も経ったのかと、感慨深いものがある。

あと数日もすれば夏休みである。帝都から兄たちがダルディエ領へ戻ってくる日を、指折り数えながら待っていたある日。ディアルドがカロディー家へ仕事に行くとのことで、私も女の子の恰好でついて行った。

実は二つお祝いしたいことがあったのだ。一つ目は三女ユフィーナがテイラー学園の試験に受かったことである。夏休み明けからテイラー学園に通うことになったらしい。

ディアルドはいつものように執務室に籠《こも》ってしまったので、私は久しぶりにユフィーナとお茶会である。

「ユフィーナ様、テイラー学園へ入学が決まって、おめでとうございます！」

「ありがとうございます。これもミリディアナ様のお陰ですわ」

「いいえ、ユフィーナ様の努力の賜物《たまもの》です」

ユフィーナは私が助言をしたお陰だと思っているようだが、これまでユフィーナ自身が頑張ってきたことが実を結んだのだ。喜ばしい限りである。そして二つ目のことについても。

「それに、居候《いそうろう》だったお姉様お二方にはご退去願えたようで、本当に良かったと思います」

ユフィーナは肯定《こうてい》するように微笑んだ。

そうなのだ、あの傲慢《ごうまん》な長女と次女、いや元長女と元次女と言うべきか、二人の追い出しが成功したのである。

ユフィーナが経緯を説明してくれた。

まずは元長女と元次女と繋がっていた家政婦長を辞めさせた。二人と一緒になってカロディー家のお金を使ったり、他の使用人に大きい顔をしていた家政婦長は、元長女と元次女の二人を追い出すためにも邪魔だったから。

それから信頼できる者を新たに家政婦長に任命した。そして三女ユフィーナと長男レンブロンを見下す使用人は辞めさせ、元長女と元次女から屋敷に使う予算の管理権限を奪い返した。

その後、使用人の味方を増やし、最終的には家族でもない、ただの居候《いそうろう》である元長女と元次女を追い出したのである。

本来であれば、元長女と元次女が使い込んだお金は返してもらうべきだが、それに関しては不問にしたという。とはいえ今後一切カロディー家に関わらないことを条件にではあるが。

テイラー学園に入る前のギリギリとはなったが、なんとか間に合ったとユフィーナはほっとした様子だった。それはそうだ。パパやディアルドやジュードが時々ここへ来るとはいえ、長男レンブロンはしばらく一人で生活をしなくてはいけないのである。

ユフィーナも長期の休みになれば戻って来るだろうが、週末の短い休みに帰って来られるほど、カロディー領は帝都から近くはないのだ。だから少しでも憂いがあれば取り除いておきたいというのは、弟に対する姉心である。

本当に良かったと思う。最近は私より二歳年上のレンブロンもだいぶ成長して、しっかりしてきたと聞いた。しばらくカロディー家は安心である。

それから、明日はカロディー領の隣町で夏祭りがあるとのことで、ユフィーナとレンブロンと一緒に行く約束をした。ディアルドは仕事をするとのことで、一緒に行けなくて残念である。

その日はカロディー邸にディアルドと一緒に泊まり、その次の日。

護衛を連れて三人で隣町へ向かった。馬車で一時間ほどの距離であるが、なかなか大きい祭りのようで人が多くいた。

今日は三人とも貴族というより、もっと軽装の商家の子女の恰好だ。迷子になるといけないので、私はレンブロンと手を繋ぎながら歩いた。小さい包み紙のお菓子が売っていて、たくさん買ってポケットに入れた。それからサルを使った見世物や人間が芸を披露しているのを見物した。

「少し休憩にしましょうか」

ユフィーナの言葉に賛成する。楽しいが、人が多く歩きづらいため、足が痛くなってきていた。

どこか座れるお店に入ろうと移動をするが、人が多すぎてなかなか前へ進めない。

そんな時、レンブロンからくぐもった声がした。手を繋いでいるはずのレンブロンが、少し高い位置にいる。あれ？　と思った時には、私も誰かに抱えられていた。

男が私とレンブロンを左右に抱え、わらわらと人がいる間を器用にするすると抜けていく。護衛と目が合い、護衛がこちらに手を伸ばすが、人が多すぎて届かない。私とレンブロンはあっという間に攫《さら》われてしまった。またなの？　もう誘拐《ゆうかい》はごめんなんですけれど。

◆◆◆

ガタガタと揺れる馬車。それは貴族が乗る馬車とは違い、乗り心地が悪く、椅子もない。ただの大きい箱に車輪を付けているだけの劣悪な馬車である。

その箱の中には、私やレンブロンを含め、子供が数名乗っていた。手は縛られ、口に布を当てられているため声も出せない。レンブロンは気を失ったままだ。私以外にも何人か目を開けた子供がいるが、みんな怯《おび》えていた。

どうやら子供ばかりを誘拐《ゆうかい》しているようだ。たぶん、私やレンブロンも子供というだけで攫《さら》われたのだろう。貴族の子を狙って、という理由ではないと思う。他の子供の服装はまちまちだが、この中では私とレンブロンが一番良い服を着ていることは間違いない。他は平民の子たちであろう。

攫《さら》われた時はまだ昼間だったが、唯一馬車に付いている格子付きの窓を見るに、すでに夜になりかけているのは分かる。

今回私は二度目の誘拐《ゆうかい》である。攫《さら》われたのが今度は一人ではないこともあり、私は落ち着いていた。誘拐《ゆうかい》された先輩？　として、誘拐《ゆうかい》解決に向けて冷静に状況確認に努めるのだ。

以前はザクラシア王国でシオンとも連絡が付かず不安だったが、今回はすでにシオンと連絡ができていた。夏休みのため、双子と共にダルディエ領へ帰郷の途中だったらしいが、進路を変更し、今こちらに向かっているという。

ただ、向かっているとはいえ、私が今どこにいるのかは分からないので伝えられない。馬車が走った時間を考えると、祭りのあった街からそこまで離れていないとは思うが、シオンはどうやってここを見つける気なのだろう。

でも、ユフィーナか護衛が、ディアルドにも連絡をしてくれているだろう。だから攫《さら》われているとはいえ、恐怖はまったくなかった。兄たちが迎えに来てくれるのは、分かっているからである。

問題は、どれくらいの子供たちが攫《さら》われているのかだ。この馬車の中には子供が十名ほどいるようだが、これから向かう先にも、他に攫《さら》われた子供がいないとも限らない。

シオンには子供がたくさんいることは伝えてあるので、どうにかしてくれるとは思う。でも、シオンは私さえ連れ戻せれば他はどうでもいいタイプである。シオンにはもう少し、「みんなと一緒に助けてね」とアピールした方がいいかもしれない。

そんなことを考えているうちに、馬車が止まった。とりあえず目を瞑《つむ》り、気絶しているフリをしておいた。馬車の子供たちは大人の手により運ばれ、石畳の牢のようなところに放り込まれた。

予想どおり、その牢には子供がたくさんいた。私たちより先に攫《さら》われてきた子供のようだ。

牢の出入口は鉄格子で覆《おお》われている。出入口とは反対側の天井付近には、鉄格子付きのガラスのない小さな窓がある。その窓の向こうには地面らしきものが見えるので、ここは半地下なのかもしれない。

牢の中の子供たちは、大きく騒いではいなかった。静かに泣いているか、諦め顔か、怖くて震えているかのどれかである。口を塞《ふさ》いでいた布と手を縛っていた紐は牢を閉じる前に取ってもらえたため、身体的には自由といえば自由である。

レンブロンはまだ気絶している。この子、幸せだな。

しばらくすると足音がした。やってきた男が牢の鍵を開け、怯《おび》える子供たちの顔を確認すると、一人の少年を連れ出した。

「ああ、こいつだ」

「カナン！　おい！　離せよ！」

連れていかれようとする少年の知り合いだろうか、隣に座っていた少年が男に飛びかかった。

「お前は呼んでねぇ！　すっこんでろ！」

男はあろうことかナイフを持ち出し、飛びかかった少年の手を切りつけた。

「アナン！　俺は大丈夫だから！」

男はカナンと呼ばれていた少年を一人連れ出して、牢の鍵を掛けた。連れ出されていく少年は、切り付けられた少年を心配そうに振り返りながら遠ざかっていく。私は慌てて倒れ込んだ少年に近づいた。

「大丈夫？」

スカートの背中に結んでいたリボンを解《ほど》き、アナンと呼ばれた少年の手を取った。

そうして切り口にリボンを結んで止血しようと思ったが、その手には血こそ付いているが、傷がほとんどなくなっていた。

「……」

驚いて見ていると、アナンは気まずそうに手を隠した。

「気にするな」

「……分かった。さっきの子、カナンだっけ、は君の友達？」

「……妹だ」

「そうなの⁉　男の子かと思った」

カナンは短い髪で、服も少年のものだった。よく見ると、アナンが着ている服の生地が良いものだと分かる。

「アナン、君ってもしかして貴族？」

「……違う！」

うーん、少なくともお金持ちのような気はするけれど。

「アナンも攫《さら》われてきたの？」

「お前はそうなのか。俺は違う。売られたんだ」

「売られた？」

「……さっきの、見ただろ。傷」

切られたところが治った、傷。

「……うん」

「あれが気持ち悪いってさ。俺もカナンも……エナンも」

「エナン……も、ここにいるの？」

「いない。死んだ」

泣きそうな顔をぐぐっと我慢すると、アナンは下を向いた。

「……もう俺にはカナンしかいないのに」

そのカナンも連れていかれてしまった。

「……もし、ここから無事に帰れたら、アナンとカナンに帰る場所はあるの？」

顔を上げたアナンは、きっと私を睨《にら》んだ。

「あるわけないだろ！　売られたって言ったの、聞いていなかったのか？　捨てられたんだ、俺たちは！」

急に大声を出すので、子供たちがびくびくしている。そして、この大きな声でレンブロンが目を覚ましたらしい。もっと寝ていればいいのに。

「捨てたのは親なの？」

私はぐっと顔をアナンに近づけた。

「それは……」

「そうなのね？」

私に圧倒されたように、アナンはこくっと頷《うなず》いた。

そうか、助け出されたところで、他の子と違ってアナンとカナンには帰るところがないのか。

私はアナンに抱きついた。震えるアナンを落ち着かせるように。

「大丈夫。うちに連れて帰るから」

「え」

アナンを離し、私は笑う。

「遠慮しなくていいのよ。無償で食べさせるわけではないもの。出世払い！」

「え？」

「アナンとカナンが二人で離れずに暮らせるなら、それがいいでしょう？」

ポカンとしていたアナンの瞳に、希望と力強い意志のようなものが輝いた気がした。

その時、小さく犬の遠吠えが聞こえた。

目が覚めたばかりのレンブロンは何が何だか分からないようで、牢の様子や犬の声に怯《おび》え、私の手を握ってきた。しっかりしてきたと聞いていたが、おかしいな。せめて年下の私がいるのだから、見かけだけでも虚勢くらい張って欲しいものだ。

たぶんそろそろ来る。

私は立ち上がり、出入口とは反対側の天井付近にある鉄格子付きの窓に近づく。

「ど、どうしたの？」

「大丈夫だから。レンブロン様、少し離れてくれる？」

戸惑いながら少し離れたレンブロンを確認し、また窓を見る。すると音もなく獣の足が現れた。

そしてすぐに狼の顔がこちらを覗《のぞ》く。

「三尾！」

犬のような遠吠えが聞こえたとき、それがすぐに三尾だと分かった。遠吠えが聞こえるということは、鼻の良い三尾のことだ、まもなくここを見つけるだろうと思っていた。

シオンかディアルドかは分からないが、私が攫《さら》われた時点で、北部騎士団へ伝書鳩でも飛ばしてくれたのだろう。

馬車が止まった時点で、シオンにそれを連絡していたため、あとは攫《さら》われた街から日が暮れる前に馬車でいける範囲を逆算すれば、私の居場所はだいたい絞れる。

その後は三尾の足の速さと鼻の良さで、ここまでやってこられたわけである。

そう推測しているうちにネロが顔を出した。

「お嬢、いたぁ。元気そうだねぇ」

「うん。子供がたくさんいるの。全員連れ出したいのだけれど」

「了解了解。任せて」

「あと、さっき一人連れていかれちゃったの。その子も連れ出したいの」

「わかった。すぐに状況把握するから、待ってて。それよりお嬢、怪我とか熱とかはない？」

「大丈夫」

「それはよかった。まずはそれを伝えないと、キレてる人が多いからね。じゃあ、もう少しお待ちあれ」

ネロと三尾は去っていった。これで、もうほとんど解決と思っていいだろう。私たちは大人しく待っているだけでいい。

振り返ると、子供たちが私を見ていた。

「もう少しで解放されそうよ。だから大人しく待っていましょう」

レンブロンの横へ行って座ると、私も大人しく待つことにした。

◆◆◆

——ガン！　ガン！　ガン！

牢では子供たちが出入口の鉄格子から離れ、怯《おび》えまくっていた。私も出入口から何が飛んでくるか分からないため、怖いわけではないが用心のために離れていた。

シオンが出入口の頑丈な南京錠を蹴《け》りまくっている。双子も遠巻きにして見ていないで止めてほしいのだが。あんな風に蹴《け》るよりも、鍵を持ってきた方が早いのではと思っていると、南京錠が壊れた。執念である。

ドアを開けると、シオンは他の子供に目もくれず一目散にやってきて、私を抱き上げた。

「大丈夫か！」

「大丈夫よ。さっきもそう言ったのに」

シオンがここにやってきた時、鉄格子越しに真っ先に話をしたのだ。

「ちゃんと触ってみないと分からないだろう」

「大丈夫。ほら、見て？　怪我もないでしょう？」

「……そうだな」

シオンは息を吐いた。心配を掛けたのは、本当に申し訳ないと思う。だからシオンを抱きしめた。

「助けに来てくれて、ありがとう」

「ああ」

双子もこちらへやってきた。

「アルト、バルト、助けに来てくれてありがとう」

「ヒヤヒヤしたよ。無事で良かった」

「体調も悪くないね？　顔色は良さそうだけれど」

「大丈夫。ミリィは元気よ」

最近いちいち色気を出す双子である。私の左右の手を取って、それぞれの甲にキスをした。

「子供が一人連れて行かれてしまったのだけれど、どうなったのか知っている？」

「あー、なんかそんな話聞いたね。ネロがディアルドに言っていたから、どうにかしていると思う」

どうにかって何だ。正しい情報が欲しいのだが。

警備兵が入ってきて、子供たちが助け出されていく。レンブロンやアナンも連れ出され、私たちも外へ出た。

「ミリィ！」

ジュードが走ってきた。シオンから私を奪うと、ぎゅうぎゅうに抱きついてくる。

「あぁぁぁー！　俺のミリィが無事でよかった！」

「ジュードも助けてくれてありがとう」

「もちろんだよ」

ジュードから視線を横に移すと、いつの間にか傍《そば》にディアルドが立っていた。ほっとした顔で私の頭をひと撫でずると、また去っていく。警備兵の統率や子供たちの保護の指示やら、いろいろとあるのだろう。

「あ、ジュード、下ろして」

ジュードが下ろしてくれたので、私は見つけたアナンとカナンのところへ向かった。

「カナン、大丈夫だった？」

服には少し血が付いていていて、私は眉を寄せた。

「カナン、この人が助けてくれたんだ」

アナンが私を示して言う。

「え、違うよ。助けてくれたのは、私のお兄様」

「でもお前のお陰だろ？」

うーん？　私は状況をシオンやネロに伝えただけで何もしてない。ということは、私が攫《さら》われたお陰と言いたいのかな？　苦笑してしまう。

「カナン、血が付いているけれど、怪我は大丈夫？」

「あ……それは、もう」

「……治ったのね？」

カナンはびくっとした。私の反応が怖いのだろう。親にさえ、気持ち悪いと言われてきたのだ。気持ち悪くなんてないのに。私は安心させるようにカナンの両手を握った。

「もう治ったとしても、痛かったでしょう？　体調が悪くなったりしていない？」

カナンは首を振る。

体調は悪くないと聞いて、少しほっとしたものの、酷い扱いをされたのだろうと察して胸が痛い。

カナンが連れ出された時は血が付いていなかったので、助け出されるまでの短時間に怪我をしたということだ。先ほどアナンもナイフで躊躇《ちゅうちょ》なく傷つけられたし、もしやカナンはわざと傷つけられて、傷が治るか確かめられていたとか？　そうだとしたら、許せない。

「私が怪我するよりも、アナンがいなくなったらどうしようってことの方が怖かった。だから、助けてくれてありがとう。またアナンと一緒にいられる」

「二人とも助かって良かったわ。やっぱり兄妹は一緒にいなくちゃね。二人とも生きているなら、今後もなんとかなるから」

「今後も？」

「うん。体調が大丈夫なら、この後少し話をさせてくれる？」

二人は顔を見合わせると、頷《うなず》いた。


それから十日後。

ダルディエ邸の敷地内にある私の家では、アンとラナ、そして新たにここに住むことになったアナンとカナンが加わって共にお茶会をしていた。男の恰好をしていたカナンは、今は女の子の恰好をしている。

あの後、アナンとカナンには親に捨てられた経緯を詳しく聞いた。失礼だとは思ったが、今後どうするべきか考えるには、情報が必要だった。

服から予想した通り、アナンとカナンは、リカー子爵家という貴族の長男と長女だった。

元々はエナンという次男を加えて三つ子だったという。

生まれてから数年後に、三人は傷が早く治る体質だということが分かった。それを父親であるリカー子爵は気持ち悪がった。

三つ子の母が亡くなった後、リカー子爵の愛人だった女性が後妻となった。後妻との間に子供が生まれると、ただの政略結婚で婿養子だったリカー子爵は、傷が治る三つ子を疎《うと》ましいと思った。

ある日、エナンの姿が見えないことを二人が尋ねると、リカー子爵はエナンを養子に出したと言った。

子爵の様子がおかしいことに気づいたアナンは、カナンを連れての家出を決意。カナンは自身が女だとバレないように、髪を切り、少年の服を着て誤魔化そうとしたのだという。

ところが家を出る直前に、二人とも子爵に捕まり、そのまま『養子』に出されてしまった。

そこで二人は次男のエナンは実は人身売買に出されていて、しかも傷が治るのを面白がった買い主の手で、傷つけられ殺されたという痛ましい事実を知った。

そこに私たちが攫《さら》われてやってきた。

私たちが連れ去られたのは、子供を売買している元締めの組織だったという。そこにエナンを殺した元買い主が、アナンとカナンが売りに出されていると聞き、やってきた。

カナンは連れ出された先で、エナンのように傷が治るのかを確認するために傷つけられていたらしい。そこにディアルドが警備兵と共に突入した。

人間を売買することは禁止されている。当然子供を売買していた元締めは捕まり、エナンの元買い主を含む子供を買った客たちも捕まった。過去に売買された子供たちについても、これから徹底的に調査すると聞いた。

それにしてもリカー子爵は許せない。それはアナンもカナンも同じ思いである。

どうにかならないかとディアルドに言ったところ、ディアルドも許せないと思っていたようで、手を打ってくれた。

まずリカー子爵は婿養子である。ということは、次期子爵としての正統性は後妻との間の子よりもアナンにある。

またリカー子爵は自身の子を売っただけでなく、子供を売買していた男と深い繋がりがあった。他にも叩けば埃《ほこり》の出ることをしていたようで、父であるリカー子爵はすぐに捕まり、一生牢の中。

調査するうちに、後妻がアナンとカナンの母を殺した疑惑も持ち上がったらしいが、リカー子爵が捕まると、後妻は子供と一緒に逃げたという。

一連の不祥事でリカー子爵家の名に多少傷は残ったものの、無事にアナンが子爵を引き継ぐこととなった。

領地や屋敷などは取り上げとなり、リカー子爵の資産は起きた事件の賠償金支払いのためほとんど残らないらしいが、借金はなさそうで、そこだけは幸運だっただろう。

アナンに残ったのはリカー子爵という貴族身分の爵位、そしてカナンだけ。でも二人は、二人が一緒にいることができるなら、それで良いと言っている。

だから、私は二人が私の家に住めるようパパや兄たちにお願いをした。

また人間を拾うのか、そんな顔を兄たちはしていたけれど、出世払いなんだよ、二人で働いて帰してもらうんだよと力説しておいた。そう言わなくても了承してくれた気はしたけれど。

そう、アナンとカナンは無償で食事を貰えるわけではない。それは二人にも説明をしている。しばらく私の家に住んでいい。けれど将来どうしたいのかは自分たちで考えてほしい。

二人は名ばかりとはいえ貴族である。だから勉強をして学校へ行って、新しく事業を始めることもできるし、アナンがもし剣術に興味があるなら騎士にだってなれる。まだ若いのだから、できることはたくさんあるのだ。それを自分の力で見つけて、頑張って、そして将来稼げるようになったら、ここで暮らした分のお金を返してくれたらいい。

二人はそれに納得している。しっかり働いて、いつか必ず返すと。それにアナンはすでに何をやるのか見つけているみたいだ。もう少ししっかりと考えてから話すと言っていた。

それから二人の傷が治る件だが、これは天恵らしい。しかも驚くことに、ネロが同じ天恵だった。ネロはなぜか歳を取らないのだが、それも関係あるのかと聞くと、それはまた違った理由だという。

とにかく傷が治る天恵は、今までにも何人かいたらしく、天恵というものの存在自体知らなかったアナンとカナンは、理由が分かって少し安心していた。

一つ気になる点といえば、アナンの妹カナンの私を見る目が、何か含んでいる気がする。どこか崇拝しているような、神格化しているような。うん、気のせいにしておこう。

そんな感じで、私の家は賑《にぎ》やかになった。

ああ、それと、カロディー家のレンブロンだけれど、泣きながらユフィーナに抱きついていた。うん、レンブロンよ、君はほとんど寝ていたでしょう。どこに泣くほどの要素があったんだ。まさかキレキレだったシオンが怖かったなどと言うまいな。

元長女と元次女がせっかくいなくなったのに、カロディー家の将来がなぜか不安になった。

第二章　末っ子妹と多様な兄たちの日常

　エメルやカイルも夏休みでダルディエ領へ帰ってきて、いつものように賑《にぎ》やかな夏を過ごしていたある日の午前中。

　私は庭の、生垣でできている迷路に足を踏み入れていた。この迷路は迷子になるので一人では入らないのだが、入口付近ならまだ迷わないため例外だ。それに、一人というと語弊はある。実は私のことを隠れて見ている人たちがいるからだ。

「駄目です、アルト様。私、まだ仕事が残っていて」

「君はひどいな。目の前に俺がいるのに、仕事の方が気になるなんて」

　アルトは右手で女性使用人の腰を引き、左手は使用人の手を取り指先にキスをしている。使用人はトロトロにとろけた瞳をアルトに向けている。まったく嫌がっていない。

　私は今、アルトが女の子を口説いているところを、顔だけ半分生垣から出して見ていた。完全に盗み見である。でも問題はない。

　本来であればこういう覗《のぞ》きはどうかと思うが、兄なのでまったく罪悪感がない上に、小説やドラマでも見ているようで面白い。

　あともう少しで二人がキスしようかというところで、私が手で支えていた枝が折れる音がした。

「あ」

音に反応した使用人とアルトがこちらを見る。

アルトは私を見てもまったく慌てもしないが、私に気づいた使用人は、顔を真っ赤にした後で器用に青くなった。

「お、お、お嬢様！　わ、私！　もう仕事に戻ります！」

「あ、そっちは迷路の奥……」

慌てすぎて迷路の奥へ行こうとする使用人に声をかけると、使用人は脱兎《だっと》のごとく戻ってきて迷路の入り口へ引き返した。私の後ろを通ったあと、小さな悲鳴が聞こえたので、私の後ろに隠れていた人たちにも会ったのだろう。

（あー、可哀想に）

少し不憫《ふびん》に思っていると、私の頭上に影が差した。見上げると、アルトがやってくれたな、という表情で私を抱え上げた。やはりこれは私のせいなのだろうか。

「隠れていないで、出てきたら？」

私の後ろに声をかけるとニヤけた顔のバルトと、しれっとした顔のシオンが出てきた。

「せっかく楽しんでいたのに。ミリィを使って邪魔するなんてひどいだろ」

「だって俺もやられたんだもん。アルトばかり楽しんじゃ、ずるいだろ」

まったく悪びれもせずバルトは言う。

「バルトはミリィが邪魔したんじゃないもん。ナナを追いかけていたら、温室でバルトがキスしていただけだもん。あんなところで遊んでいたバルトが悪いの。温室はママもよく行くのに」

「あー、なるほどね。で？　シオンがいるのは何で」

「俺はさっきバルトに、面白いものが見られるから来いって誘われただけだ」

アルトがバルトを見る。互いに笑って済ませているが、アルトの覚えてろよ、という声が聞こえる気がする。

「二人共、遊ぶのはいいけれど、ミリィの侍女は駄目だからね？」

「んー？」

「ごまかさないで。ミリィの侍女に優しくするのはいいけれど、手は出しちゃ駄目」

私の侍女は、結婚適齢期前の花嫁修業目的で入っている娘が多い。

だから数年に一度は侍女が入れ替わるのだが、身許がはっきりしていることはもちろん、下級貴族か平民でも上流階級の良家の子女ばかりである。

良いところのお嬢さんであるため、男性に免疫が少なく、双子なんかに迫られたらあっという間に転がり落ちるだろう。自由恋愛は結構だが、だいたいは婚約している子も多いため大問題になりかねない。

ダルディエ公爵家だったら安心、と思って娘を侍女にしたのに、その兄に恋をして肝心の婚約者を放りだしてしまえば目も当てられない。

だから私の侍女だけは、兄の毒牙から守らなければ。

双子は普段からかなりモテるようで、恋愛小説が好きな私が、双子にそういう話を聞きたいと言えば、恥ずかしがりもせずに教えてくれる。それを聞く限り、双子は恋愛についても自由奔放のようだった。

「ミリィの侍女、みんな可愛いのに」

「それでも駄目なの！」

「えー？　じゃあ他ならいいの？　他の使用人は？」

「さっきの子とか？　無理やりでないのなら、いいと思うわ。お互い合意の上でしょう」

双子のことだ、私の侍女についてはああ言ったが、基本的には本気になりそうな子には手を出さないだろう。あくまでも遊びととらえることのできる子を選んでいる節がある。

双子もその相手も、お互いが遊びと割り切っていて、その場限りの恋愛を楽しんでいるだけならば、私がどうこう言う権利はない。

「そういうところ、うちのミリィは大人だなぁ」

そう言いながらも、頬にキスをしてくるアルトは、私を子供扱いしていると思う。

「俺は口出す気はないけれど、ディアルドやジュードに露見しないようにしろよ。特に、ミリィを巻き込んでいると知られたら、ただの説教じゃすまないぞ」

シオンの言葉に、双子は面倒そうに「ああ、うん」と答えた。上の兄二人の説教を想像したのだろう。

そんな双子の遊び事情を垣間見つつ、夏休みはあっという間に過ぎていった。

秋になり、テイラー学園に通うシオン、双子、エメル、カイルの兄たちが帝都へ戻った。

そんな中、私はアナンとカナンの兄妹から二人のやりたいことを聞いて驚いた。

アナンは将来的に私の護衛騎士をしたいという。そのために体を鍛えたいとのことだった。

カナンは私の侍女になりたいという。だから今から侍女になるための技術を学びたいという。

どうして二人共、私に関わる仕事をしたいのだろうか。もし私が先日の事件で助けたからと思っているのなら、そこまで恩義を感じる必要はないのに。実際に二人を助けたのは兄たちなのだから。

けれど、アナンはあの時助けられたことで、力を付ければ誰かを助けられることに魅力を感じたというのだ。それにどうやら影のネロにも興味があるらしい。

妹のカナンは次兄のエナンが殺されたことで、もう一人の兄アナンまでいなくなるのが怖かった。

しかしアナンを助けた私のことをとにかく感謝しているから、「一生かけて私を捧げます！」と異様な視線で言われた。

私の謂《いわ》れのない不安をどうしてくれよう。私が助けたのではないと言っているのに、カナンにはまったく通じないらしい。

しかし、二人の希望はできるだけ協力してあげたい。

相談しようと思ってディアルドの執務室を訪ねるとパパもいたので、二人にまとめて相談した。

私は応接セットのディアルドの隣に座る。

「アナンはミリィの護衛騎士になりたくて、カナンはミリィの侍女になりたいって言っているの。だから、うちでそういう技術を身に付けられる方法があればなって、相談に来たの」

「護衛騎士と侍女か。……そういうことなら、方法はいくつかある。うちで学べることも多いと思うから、二人とは俺が具体的に話してみるよ」

「ありがとう、ディアルド！　うちで護衛騎士や侍女の技術を身に付けられたら、他の場所でも仕事は見つけられるよね？」

「それはそうだね。でも、二人は他の場所ではなくて、ミリィの傍《そば》で働くことを希望してるんだったよね？」

「うん、そうなんだけど、将来的にはミリィの傍《そば》以外でも働ける幅があるほうがいいでしょう？　でも、どうしてミリィに関係する仕事がいいのかな？　二人を助けたのはお兄様たちなのだから、お兄様たちに恩義を感じるなら分かるんだけど」

首を傾げていると、ディアルドは隣に座る私を膝に乗せた。

「直接的に二人を助けたのはそうかもしれないけれど、たった二人の兄妹が離れずに暮らせるのはミリィが働きかけたからだよ。二人の傷が治る天恵も怖がらずに接してくれたミリィに、救われたのもあるのかもしれないね」

「……そうなのかな？」

「二人には二人の考えと思いがあるから正確には分からないけどね。ただ、二人がミリィの傍《そば》で働きたいと言っていて、ミリィは協力したいということなら、とりあえずミリィの傍《そば》で働くことを前提に技術を身に付ける方向でいいと思うよ」

「うん」

そこで決定した事項は、アナンはまずダルディエ公爵家直属の護衛騎士に預けることとなった。ダルディエ邸の敷地内に護衛用の訓練場があり、そこの護衛長に鍛えてもらうのである。また、その訓練の合間にネロから影の技術も学ぶこととなった。

それからカナンは家政婦長から色々と教えてもらうことになった。侍女になる前に、使用人の仕事を一通り教える必要があると聞いているので、大変なのだと思う。うちの家政婦長、何気に怖いしね。私は怒られたことはないけれど、小さいときの双子なんか、いたずらしてよく睨《にら》まれていた。怒られたって、双子はまったく気にも留めていなかったけれど。

それから、もう一つ。アナンとカナンは、私の家庭教師のおじいちゃんから勉強も教えてもらうことになった。アナンはこれには嫌な顔をしていたけれど、パパとディアルドの話では、いずれ私がテイラー学園に行く時に、一緒に入学することを想定しているようだった。

アナンとカナン、実は私と年齢が一緒だったらしい。

学園へ通う時に、気心知れる人が近くにいてくれるなら私も助かる。

そんなこんなで色々と決まったので、アナンもカナンも毎日忙しそうにしている。けれど表情は明るい。私も二人の成長が楽しみである。

◆　◆　◆

雪のちらつくダルディエ領の冬、私は騎士団で馬に乗る練習をしていた。

練習は順調で、誰かと一緒に乗らなくても一人で乗れるようにはなった。ただし、馬を人が引いてくれればであるが。一人で乗り込んだ馬を、ついてきてくれた騎士に引いてもらう。

本当は人に引いてもらわずとも一人で馬を進めたいのだが、馬は私が一人だとなぜか前に進まず、私を振り返ってじーっと見てくるのである。

「前を向いて進んで！」と言ってみても、じーっと私から視線を外さない。私がそんなに気になるのだろうか。これもたぶん動物遣いの天恵のせいだと思う。

その点、一角なんかは私を見ないで動いてくれるけれど、私が一角に一人で乗るのは兄たちが嫌がるので、まだほとんど挑戦していない。

一度だけ、シオンに見守られながら、私が孵《かえ》した一角の子供たちの背に乗ったことがある。大人の一角よりはまだ小さいし乗りやすいだろうと思ったのだが、子供たちは私が乗ると、みんな大興奮で変な動きをするので、すぐに気持ち悪くなってしまって乗るのを止めてしまった。

まあこの調子なら、もう少し頑張れば一人で颯爽《さっそう》と馬に乗れる日もやってくるだろう。練習あるのみだ。

最近は体力をつけるための走る時間も少し長くなった。私自身、体力がついてきている感覚がある。少し走ったくらいでは疲れなくなったので、体幹を鍛えるだけでなく、筋トレもメニューに入れた。やりすぎるとやはり熱が出たりするので、もちろん注意が必要だが。

そうこうしているうちに春が近づき、社交シーズンのために帝都へ移動した。

少年の恰好をし、金髪のカツラを装着して、テイラー学園へ向かう。見学の申込みをしていると、呼び出された双子がやってきた。

「ルカ。いらっしゃい。次は剣術だから、すぐに場所移動なんだ」

少年の恰好の時はルカ呼びだと心得ている兄たちは、何も言わずともこう呼んでくれる。バルトが私を抱えると、双子は大股で歩き出す。

見学者には普通、誰か学園の職員が案内役として付くものだが、私の場合、いつも兄たちの誰かが付くのが分かっているので、職員は手を振るだけだった。

剣術の訓練場は、見事に男子ばかりであった。双子の学年は女子もいるので、見学席に令嬢が座っている。講義を入れていない者は、自由に見学ができるらしい。

私も見学席で見学していると、その横で令嬢たちが男子の訓練をすごく熱心に見ていた。

その視線の先はどう見ても双子である。一応貴族令嬢たちなので、お上品な表情は保っているものの、熱い視線は色を含んでいるし、扇子の下は絶対ニヤけているだろう。見えないけれど、そんな気がする。

北部騎士団で鍛えている双子の剣筋は洗練されている。テイラー学園へ通う学生の中には、将来騎士を目指している人もいるので、幼いころから訓練をしている人も少なくないのだが、その中でも際立っているのが双子である。

ダルディエ公爵家の兄たちの中で、一番戦闘技術に長《た》けているのは間違いなくシオンであろうが、双子も昔から意外と血気盛んで、戦闘力が高いのである。

途中から対戦形式に移行したらしい。広い訓練場で三ケ所に分かれ、それぞれの輪の中で一対一の練習試合のようなことを始めた。集中すればいいのに、双子は誰かが対戦している間、見学している令嬢に向かって手を振っているものだから、それを睨《にら》んでいる男子がいる。

なんだろう、見学している令嬢の中に、その男子の思い人でもいるのだろうか。双子を睨《にら》んだところで、二人はそういったものを意に介さないので無駄なのだが。

結局、その男子は運が良いのか悪いのかバルトと対戦し、負けていた。もっと頑張れと言うしかない。

剣術の時間の後は昼食のため、双子と食堂へ向かった。

何が食べたいか聞かれたが、私はそんなにお腹が空いていないので、パンとサラダとデザートをお願いした。

双子に左右を挟まれて食事をしていると、令嬢がどんどんと同じテーブルに集まってくる。

どこでも女の子に囲まれるのだなと思いながら、アルトの食べている鶏肉の香草焼きが意外と美味しそうで見ていると、アルトがあーんと差し出してくれた。

うん、ここの食堂は種類は多くないが、味付けはいい。

デザートも美味しくいただいたところで、食堂を出ようとすると、エメル、カイルとソロソに会った。

「ミ、……ルカ。今日は見学だったの？」

カイルが一瞬間違えたが、名前を軌道修正。よしよし。

「そうだよ。アルトとバルトの講義に交じろうと思って」

「そうなんだ。こっちに来ればいいのに」

カイルの言葉にエメルも頷《うなず》く。双子を見ると、アルトが繋いでいた手を離した。

「いいよ、行っておいで」

「うん」

双子に手を振り、カイルとエメルの手を握った。

「講義の先生に許可を貰ってくれる？」

「もちろん」

エメルとカイルは二年生であるため、教室にいるのは男子のみである。共学となるのは四年生からなのだ。二人と一緒に講義を受けるのは初めてだったので、楽しみだ。

次の講義は数学だった。これなら私も得意だ。しかも受けてみるとただ単純な数学ではなく、自分が経営者になった場合を想定した上で、数名のグループを作って売上や効率を話し合ったりするものだった。面白い講義だった。

その後も一緒にいくつかの講義を受け、帰りはエメルとカイルと一緒にダルディエ邸へ戻ってきた。寮住まいの他の兄たちと違い、二人は通い組なのである。週末の休みに皇太子宮を訪ねることを約束し、カイルは帰っていった。

そして週末。約束通り皇太子宮に向かう前に街へ寄った。最近のお気に入りのお茶菓子を持って行こうと思ったのだ。神髪で出かけると目立つため、この日は少年服に金髪のカツラを装着していた。胡桃《くるみ》とチョコを使ったお菓子を入手し、馬車で皇太子宮へ向かった。

皇宮でいくつかの関門を抜け、いつも静かな皇太子宮の前で馬車は停まる。護衛と馬車には違う場所で待機してもらうようにお願いし、お菓子の袋を持って上機嫌で皇太子宮に入った。

ところが、いつも顔パスで通れる階段の前で騎士に止められてしまった。

「ここから上へは通れません」

「でも、いつも私は通っていいんだよ」

「以前がどうだったのかはともかく、本日は通れないんですよ」

騎士はがんとして譲らない。そういえば、あまり見かけない顔だ。

「本日はって、どういうこと？　約束してるんだよ」

「そのような話は聞いていない」

背の高い騎士に上から見られると、ものすごく怖い。

「で、でも、いつもは簡単に通してくれるのに」

「簡単に通すなと、そう言われている」

「……私を通すなと言われたの？」

そんなはずはない。いつでも来ていいとカイルは言っていたのだ。今回は約束もしている。

「そうです。あなたみたいに約束もなく、ここを勝手に通っていく人が多いもので」

そう言って、はじめから私が嘘をついている、とでも言わんばかりの目つきで上から下までを値踏みされ、鼻で笑われた。

もしかしたら、男装しているから気づいてもらえないのかもしれない。私が男装で皇太子宮へは来ることがあるが、それを知らない人なのかも。名前を告げれば、通れるはず。

「私はミリ――」

「約束のない人は通せないと言っている。しつこく食い下がっても無駄だから、早く去れ。こちらも暇ではない」

「……約束しているもん」

そのはずだ。朝からエメルも、今日来るんだよね、と聞いてきたから知っているはず。だから、カイルも認識しているのは間違いない。

でも、カイルは通って良いと言っているけれど、もしかしたら、警備上の問題があるとかで、私が簡単にここを通ることに騎士の間で反対している人がいるのかもしれない。

そうだとしたら、私の行動がカイルの迷惑になっているのかも。

じわじわじわじわと目頭《めがしら》が熱くなり、涙が盛り上がる。こんなことで泣きたくないのに、転生して子供っぽくなっているのか、感情が抑えられない。

こんなところで泣けば、この騎士に冷笑されるだけだ。そんなの悔しい。見られたくないのに。

気持ちに反し、涙が溢《あふ》れそうになるのだった。

◆　◆　◆

エメルは書類の束を執務机に置いた。これからカイルが処理する必要のあるもので、年々数が増え、複雑になっている。だというのに目の前にいる人物はいつも涼しい顔で軽く処理するのだ。

平日は学園に行く必要があるため、どうしてもできる公務の量が減る。そのしわ寄せが週末にやってくるのだが、カイルはそれを軽々こなしている。今日の分も今置いた書類で最後だ。本当の休みに入れるのはもうすぐ。そう思いながら時計を確認する。

「遅いですね」

「何がだ」

「ミリィですよ。お茶の時間に来ると言っていたのですが」

本来であれば、今頃美味しそうにお菓子を食べるミリィが見られているはずなのに。

「もうそんな時間か」

この年齢ですでに少し仕事中毒気味のカイルは、時間の感覚に人とズレがある。集中しだすと食事さえ抜く傾向があるため、それらを補佐するのもエメルら側近の役目である。

「俺、お茶の用意をしてくるよ」

ソロソがいそいそと立ち上がった。彼にとってはミリィがやってくる時間が休憩の時間なので、待っていました！　と言いたげな声音である。

「私は下を見てきます。カイル様は続きをしていてください」

「ああ」

部屋を出ると、廊下で皇太子宮担当の近衛騎士に会った。

「警備の交代ですか」

「はい」

「あれから不審な者は？」

「今のところは問題はないですね」

ここ皇太子宮のある区域は、出入りする時に何重もの門を通る必要がある。

少なくとも、誰とも分からない人間は入ってこられないのだが、先日、皇太子宮と同じ区域の宮殿に用事があった者が道に迷ったと、勝手に皇太子宮に入ってきたのである。もちろん警備の騎士に止められて何事もなく済んだのだが、こういったことがまたあると困るので、最近は警備を強化していた。

近衛騎士と一緒に玄関ホールへ続く階段を下りていると、階下にミリィがいた。階下の騎士と話をしている。

「ミリィ？」

「――エメル」

ギョッとした。騎士の前で茫然《ぼうぜん》とする妹は、胸に袋を抱え大粒の涙を流しているのである。

慌てて階段を駆け下り、片膝をついた。

「どうしたのですか？　何で泣いているのですか？」

ミリィは小さいころからほとんど泣かない。心当たりがあるのは夜に悪夢を見ていた時くらいで、それ以外で泣くのは、本当に珍しいことだった。

「ミリィは本当はここに来たら駄目だったの？」

「え？」

「いつもミリィがここを通るのが問題になってて、カイルお兄さまの迷惑になってた？」

しゃっくりを上げ、すごく悲しくて泣いているのが伝わってくる。

「迷惑かけたから、カイルお兄さまがミリィを嫌いになってたらどうしよう」

「……そんなことないですよ」

なんでそんな話になっているのか。これ以上放っておけなくて、ミリィを抱き上げた。そしてミリィと相対していた近衛騎士を見る。

「何を言ったのですか？」

「じ、自分は、ここを通さないよう、見張っていただけで」

「ミリィの名は通行名簿に載っていますが」

手続きをせずに行き来できる人間は名簿になっていて、エメルを含めた側近やミリィ、他にも数名の人物は通常、チェックなく通れることになっている。

ようやく自身の落ち度に気が付いたのか、その騎士は交代に来た近衛騎士を見た。近衛騎士はエメルの言葉に頷《うなず》くと、ミリィの前に立つ新入りの彼に向かって厳しい表情で詰問した。

「なぜ確認しなかった」

「た、確かに、その名前は拝見しましたが、その、少女だとばかり……このような姿とは思わなかったので」

エメルは目をすーっと細めた。

「……そうだったとしても、名前を確認するべきです。あなた方はここにやってきた人すべてを、いつも、見た目だけで判断をしているのですか？　名前や所属、他にも確認する点はあるでしょう」

ミリィが子供だから、侮《あなど》って確認すべき点をしなかったのだろうということは想像できる。ちらっと傍《かたわ》らの近衛騎士を見ると、彼は気まずそうに姿勢を正した。

「申し訳ありません。指導を徹底致します」

「そうしてください。それと、ミリィが普段から男装をすることもあると周知していますが、その引継ぎはしていなかったのですか？」

「申し訳ありません。その周知も徹底致します」

「ええ、お願いします」

ミリィを抱えたまま階段を上る。ミリィはエメルの肩に顔を付けたまま、下を向いて泣いている。落ち着かせるように背中を撫でるが、泣き止みそうにない。泣いて興奮しているのか、身体が熱くなるばかりである。

それからカイルの執務室に入ると、お茶の用意をしているソロソが先に、ミリィが泣いていることに気づいた。

「……どうしたの」

ソロソの声にカイルが顔を上げた。ペンは書類の上をまだ走っていたが、ミリィの異変に気づくとペンを止めた。

「ミリィ？　どうしたの」

カイルの声にも顔を上げないミリィは、エメルにしがみ付いている手に力が入った。

「階下の警備に階段を通ってはいけないとミリィが止められていました」

「……は？」

「それで、カイル様に嫌われたかもと泣いているんです」

エメルはミリィから聞いた話と階下で近衛騎士と話した内容から、だいたいのことは理解していたため、それをカイルに説明する。

カイルには珍しく、焦った顔でミリィに弁解していた。

「ミリィは階段を通っていいんだ。ミリィがあそこを通ることに警備上何も問題になっていないし、迷惑になってもいない。今後ミリィが通ってはいけないなんて言うことも絶対にない。誤解だよ。警備の方が間違えているんだから。ね、お願いだから、こっちを見てくれないか」

微動だにしないミリィ。

「ミリィはいつでもここに来ていいんだ。俺はミリィが好きなんだ。嫌いだなんてとんでもない。会いに来てくれないと俺が悲しい。だからお願いだ、俺を見てくれないか」

痺れを切らしたカイルは、少し据わった目でエメルを見る。

「……エメル、ミリィをこっちに」

「今のミリィが、そちらに行くと思いますか？」

「……」

カイルは頭を抱えている。そして離れたところでソロソは口に手をやり、肩を震わせていた。楽しそうだな。いつも頭の上がらないカイルの、焦った姿が楽しいのだろう。

それからミリィを止めていた新入りとその上司の近衛騎士二人が呼び出された。

名前を確認しなかったことを改めて責められ、史上最高に機嫌の悪い皇太子に真っ青になった新入り騎士は平謝りしていた。それから新入り騎士は眼前の皇太子に圧力をかけられながら、皇太子の指示であんなことになったわけではないことをミリィにしっかりと説明し、謝罪をした。また、上司である騎士も引継ぎができていなかったことも謝罪をした。

カイルの指示で近衛騎士二人は出ていき、エメルはミリィを抱えたままソファーに座る。エメルの横にカイルは移動した。

「聞いた？　誤解だったんだ。だから、そろそろ俺をいつもみたいに抱きしめてくれないか」

ミリィがもぞもぞと動いた。まだ手はエメルを拘束したままだが、首をカイルの方へ向けた。やっとカイルと話す気になったようだ。

「ほんと？　ミリィまた来ていいの？」

「もちろんだよ。他の人が俺のことで何か言っても、それは違うから信じないで。ミリィは俺が言うことだけを信じてくれればいいんだ」

「ミリィを嫌いになってない？」

「なるわけないよ！　いつも言っているでしょう。俺が好きなのはミリィだけだよ」

「……」

「こっちへおいで、ミリィ。せっかく来たのに、俺に抱きしめさせてもくれないの？」

ミリィは上体をエメルから離した。まだ目の周りに涙が付いていた。カイルが両手を差し出すと、ミリィはエメルからカイルへ体を移動させる。カイルはミリィの涙をキスで吸い取り、そして抱きしめた。

「ミリィを傷つけてごめん。もうこんなことないようにするから」

本当に。

カイルもほっとしただろうが、エメルも同じくらいほっとした。大事な妹が悲しむと、兄も辛いのだ。

あの新入りの近衛騎士は、カイルの説諭《せつゆ》で既にずいぶん肝が冷えただろうけれどそれはそれ、エメルはエメルで、妹が泣かされた分の礼はさせてもらう。

笑顔の奥に計画を隠したエメルは、機嫌が直ったミリィと共にお菓子とお茶での時間を楽しむ。

その間、カイルは膝の上からミリィを離さなかった。

◆　◆　◆

私は十一歳になった。

夏がやってきて、ダルディエ領へ戻った私は、ついにブラジャーの開発に乗り出した。

ブラジャー以前に、実は驚くことに、この世界には下着という概念がない。

あえて下着というなら女性の場合はコルセットやペチコートくらいだ。人によってはスカートの中に薄手の膝丈のズボンを履いている人もいるようだけれど、それは少数派。

だから、ほんの数年前まで、みんなノーパン。

もう一度言う。みんなノーパンだった。ただ、大人の女性と違い、女の子は寝転がったり暴れたりするので、スカートの下に膝丈くらいの薄いスパッツのようなズボンを穿《は》いている。私も小さい頃は穿《は》いていた。

前世での中世ヨーロッパなんかは、ノーパンだったとかペチコートが下着代わりだったとか色んな説があるけれど、まさかこの世界にも下着の概念がないとは思っていなかった。

そういうわけで、衛生面なんかも考えてどうしてもパンツは欲しくて、パンツに関しては数年前に、ジュードに開発を依頼して完成している。レックス商会でも販売を始めているので、ここ数年で貴族も平民もパンツを穿《は》くのが一般的になってきた。

パンツが普及してきたので、今度はブラジャーの開発というわけだ。

現在の胸まわりの下着といえばコルセットだが、一度私も試しに着てみたけれど、腰や胸がかなり苦しく、息もしにくい。今はまだコルセットを着用する歳ではないけれど、いずれは必要になるだろう。

でもできれば着用したくない。現世のコルセットの作りでは、健康を害する気がするのだ。

そこで、コルセットの代わりと言ってはなんだが、前世のブラジャーを思い出し、ジュードに開発を提案した。

数年後には私も胸が大きくなる予定（願望）なので、それまでにはどうにか納得できるブラジャーを作りたい。

構想を練っているうちに夏休みとなり、シオン、双子、エメル、カイルが続々とダルディエ領へ帰ってきた。

恒例の湖での水遊びだが、今年は私の水着に改良を加えている。前は足を出さないようにするためにワンピーススタイプの水着の下に膝までのズボンをはきこんだスタイルだったのだが、今年は思い切って太ももを出すデザインで作ってもらった。キャミソールのような上の水着に、ブルマ型の下の水着を組み合わせたセパレートの、生足がでるタイプのものである。

女性は足を出すことを良しとはしない現世なため、ジュードはしぶしぶという形であったが作ってくれた。兄たちに披露すると、ディアルドは案の定、足を出しすぎだと言ったが、双子は「かわいいじゃーん」と笑っていた。

ただし兄たちの共通の意見として、この水着は屋敷の湖でしか着てはいけないというルールは付けられた。ようは、家族以外の男性には見せては駄目、ということである。

このタイプの水着はまだ販売にこぎつけるのは難しそうだ。ただズボン付きのワンピーススタイプは年々ラウ領なんかの水遊び文化のある場所で人気となっているらしく、海水浴をする人も増えてきているとのことだった。

そして夏休みはあっという間に終わり、学生の兄たちは帝都へ帰った。

夏休みの後、以前文献に書かれていた猫のナナの涙が万能薬になる、という件がついに証明された。それというのも、偶然ナナがあくびをしている時に涙が流れているのを発見して、採取ができたのだ。

ただ誰もケガをしていないので効能を試しようがないと思っていると、話を聞いたジュードがあっさりナイフで自分の指を切った。

そういうことは止めてほしい。

たまらずジュードを怒ったら、良かれと思っただけでもうしないと言うので許した。

ジュードが自分を実験台にしてナナの涙を付けてみたら、傷がみるみるうちに治ってしまった。すごいとは思ったが、これは家族以外の誰にも言うべきでないと判断した。だからナナの涙について知っているのは、私と兄たちとパパとネロだけである。

冬になり、今年はダルディエ領は大雪の日が続いた。とにかく寒くて、風邪をひいてはいけないからと、騎士団へ行く日が極端に減った。それでも体力をつけることは止めたくないので、ディアルドとジュードの運動メニューの元、屋敷の中で体を動かした。

アナンとカナンは家庭教師の先生が同じおじいちゃん先生なので、毎回ではないけれど、共に勉強することもあった。

アナンは勉強が嫌いなようだが、意外と覚えは早いと思う。カナンは勉強熱心で、先生もよく褒めている。カナンは使用人としても呑み込みが早いと家政婦長も褒めていた。本人は早く私の侍女をやりたいと息巻いているが、いつも私を見る目が異様で、私としてはカナンが侍女になるのはまだ先でいいと思っている。

それからカナンは髪が伸びてすごく可愛らしくなった。最近では服を仕立てる技術をめっきり伸ばしたアンが作った服を着ているのだが、ところどころにある斬新なデザインがカナンにとても似合っている。

アンの妹のラナも最近はアンの洋服作りに興味があるようで、将来は姉妹で仕立て屋となる可能性もあるかもしれない。

そして社交シーズンがやってきた。

帝都へ向かった私はアカリエル公爵邸によく顔を出した。最近シオンはあまり天恵の訓練にやってきていないというが、私としてはオーロラをブラコンにし、ノアとレオをシスコンにする使命があるのだ。

ただ実際のところ、私の役目はもう終了でもいいかもしれない。オーロラはすっかりブラコンであるし、ノアとレオもバリバリのシスコンに育っていた。

オーロラは天恵の訓練を始めたようで、もう二人でいても前のように私が飛ばされることもない。オーロラは私に懐いてくれているし、とにかく可愛くて、これは兄でなくともメロメロになる。

そんなふうにテイラー学園に顔を出したり、皇太子宮でお茶をしたりしているうちに、あっという間に一年は過ぎ、私は十二歳になった。すぐに夏休みに入り、学生の兄たちも帰ってきた。

今年はなんとシオンが学園を卒業した。全然勉強をしていなかったはずなのに卒業試験も軽々パスしたようで、たぶんシオンにしか使えない技を使っているに違いない。シオンは卒業後何をするつもりなのか。パパとは話し合っているはずだけれど、よく分からない。今度聞いてみようと思う。

その年の夏休みもあっという間に終わって、双子とエメルとカイルが帝都へ帰った。

まだ夏休みが明けたばかりの残暑の時期、珍しい人がダルディエ領へやってきた。ラウ公爵家の長男ルーカスである。これから一年間、北部騎士団で訓練をするのだという。そのため、うちに住むらしい。

ラウ公爵家では代々、男子を自領の東部騎士団ではなく、他の騎士団で修業をさせる伝統があるという。ルーカスのパパも昔うちに修業に来たことがあるらしい。今年は賑《にぎ》やかな年になりそうで、とても嬉しいのだった。

第三章　末っ子妹は切磋琢磨《せっさたくま》する

その日、北部騎士団で乗馬の練習を終えた私は、休憩がてら端っこに座って騎士たちの訓練を見ていた。一足先に訓練を終えた騎士たちの方は水瓶《みずがめ》の傍《そば》に集まり、上半身裸で水浴びをしている。秋になったとはいえ、身体を動かすと暑くなるのは当然だ。

騎士たちの引き締まった体や筋肉を見ながら、あの筋肉をつけるには、私の場合、あとどれくらい頑張ればいいのかと思う。筋トレをしているのに、騎士たちのような肉体美にはなかなか程遠い。

「おーい、何やってるんだ？」

ぼーっとしていると、訓練中だったラウ公爵家の長男ルーカスが、私の目の前で手を振っていた。

「ミリィもあんなふうに筋肉つけたいのに、難しいなーって考えてた」

「なんだそれ。うちの姉上たちみたいに用もないのに騎士団へやってきて、騎士の裸を覗《のぞ》いているのかと思った」

「裸を見ていることは間違いないわね。あそこまでボコボコしていなくてもいいのだけれど、もう少し筋肉がつくといいなと思うの。ねえ、見て。腕立て伏せしているのに、力こぶができないのよ。おかしいと思わない？」

私は腕を曲げ、滑らかな上腕二頭筋を見せた。

「腕立て伏せだけじゃ駄目なのかしら」

「俺の見る？」

半袖のルーカスが腕を曲げると、力こぶができた。やせ型だがしっかり訓練をしているだけあって、筋肉はちゃんとある。しかし少しムッとしてしまう。

「見せびらかさなくてもいいのですけれど？」

「お前、変なこと気にしてるのなー。うちの姉上のほうがまだ健全な気がしてきた」

「あのね、昔から騎士たちの裸を見てきているし、お兄様たちの裸も普通に見ているのよ。どうしてわざわざ覗《のぞ》いたりする必要があるの？　たとえルーカスがすっぽんぽんでも気にしないわ」

「そこは気にしろよ……」

ルーカスは呆れ顔である。

「それよりも、気になることがあるのだけれど。ちょっと立ってみてくれる？」

「なんだよ？」

ルーカスが立つのに合わせ、私も立つ。身長が全然違う。同じ十二歳でここまで差がでるものだろうか。

「ねえ、ルーカスの身長は？」

「百五十五センチくらいだったかな」

「……うそでしょ。ミリィって百四十センチくらいしかない」

私は体もあまり大きくない。とてもルーカスと同じ年齢とは思えないのだ。

「うちのパパとママ、二人共身長が高いから、ミリィも伸びるはずと期待しているのだけれど。ママくらいの身長に憧れているの」

ママの身長は百七十センチを超えている。百九十センチはあるパパと並んで立つと素敵なのだ。

「別に小さくてもいいじゃん」

「嫌よ。背が高い方がドレスも綺麗に着こなせるでしょう。うちのママが夜会のドレスを着ている姿、超絶素敵なのよ。あんな風にミリィもなりたい」

「公爵夫人は確かに綺麗だけどさ。身長低くても綺麗な人はたくさんいるじゃん」

「もう！　分かってないんだから！　そういう話をしているんじゃないの！」

「何、急に怒ってるんだよ？」

身長低くても、などと妥協案を言われると、私の身長が高くなるのはもう無理だ、と言われているような気になる。ママが理想な私としては、すごく悲しい。

その後ルーカスはすぐに訓練に戻っていった。

一年も親元を離れなければいけないのにもかかわらず、ルーカスはいつも楽しそうだ。訓練が好きなようで、東部騎士団とは違った訓練に興味津々であるし、いつも姉たちに囲まれていた生活から、兄たちに囲まれる生活に変わったのも楽しいらしい。

勉強も必要ということで、同じ年ということもあり一緒に家庭教師から勉強を学んでいるものの、ルーカスは頭も悪くない。やはり次期ラウ公爵として、色々と学んできたのだろう。

ルーカスが来たことで、私にも刺激があった。体格や体力など身体面では勝てる要素が何もないのだ。少しでもその差を埋めたくて、私もより一層体力づくりに励んだ。もちろん勉強は負ける気はない。

ルーカスのことを勝手に心の中でライバル扱いして、もっと自分磨《みが》きを頑張るのだった。

◆　◆　◆

「ねぇ、いいでしょ、ジュード」

「うーん」

妹のミリィの言葉を聞きながらジュードは入浴していた。浴槽から出した長い髪を使用人たちが洗っている。

同じ風呂場の衝立《ついたて》の向こうでは、ミリィがずっと話をしている。とある提案を受けている最中だが、その提案に関しては、ジュードの独断で判断するわけにはいかない。少なくとも学園を卒業してダルディエ領に戻ったディアルドとシオンとは相談をする必要がある。

「少し考えさせてほしいな。今日明日決めなくてもいいでしょう」

「わかった。でも駄目って言わないで。お願いジュード」

「きちんと考えるから。兄上にも相談する必要があるしね。ほら、もう上がるよ。いい子で部屋で待ってて」

「はぁい」

ミリィが部屋を出ていく音がする。

髪を洗い流し、身体を綺麗にすると、下着とバスローブを着用した。バスルームから出ると、ジュードの部屋では、ソファーの上でミリィが本を読んでいた。その横に座り、片手でミリィを抱き寄せる。

「何を読んでいるの？」

「『筋肉の鍛え方と筋肉づくりの食事』という本よ」

また変なものを読んでいる。現在ミリィの中では筋肉が流行のようである。

使用人が濡れた髪を手入れするに任せながら、つい小さな溜め息が出てしまう。

最近、ミリィはルーカスのことが気になって仕方がないようだった。最初はウェイリー以来の好きな男なのかと焦ったが、どうやらそういうことではないらしい。

身体が強くないミリィは、数年前から体力づくりのために歩いたり、走ったり、体幹を鍛えたり、筋肉トレーニングをしたりと頑張っている。ミリィの頑張りの成果か、最近は昔より熱が出ることが少なくなったし、身体が強くなった気はする。

けれど、ルーカスの影響で体力づくりを超えた身体づくりにまで精を出すようになった。無理をしないように注意して見てはいるが、心配なのである。

さきほども変なお願いをしてきているし、ミリィのお願いならば叶えてあげたいが、それはあくまでもミリィが無理をしないことが前提である。一生懸命な性格のミリィは、こちらが了承すれば、より一層頑張るのは目に見えている。いろいろと悩ましいところだ。

ルーカスとミリィは仲が良い。よく話をしているし、ミリィにちょっかいを出さないなら問題ないが、どうもルーカスは余計な一言が多いのである。

例えば添い寝の件。

兄たちが添い寝をしていると知ったルーカスは、十二歳にもなって添い寝は子供すぎるとミリィに言うのだ。

昔、悪夢を見ていた関係で、幼児の頃からずっと添い寝をしてきたからか、悪夢がなくともミリィは一人で寝られないのだ。それをわざわざ子供だと指摘する必要はない。ルーカスには関係ないし、可愛いミリィと一緒に寝られる至福を奪われそうになるとなれば、黙っているわけにもいかない。

幸いミリィはさほど気にしていなかったようだが、妹に知られないよう、ルーカスには少し指導しておいた。もう二度と添い寝に口出しはしないだろう。

またジュードも含め、兄たちがミリィをよく抱っこする件。

一家団らん中にジュードやディアルド、シオンがミリィを抱っこして座る光景は、うちの中では普通だ。外でもミリィを見ると抱き上げたくなるし、抱っこして歩いて何が悪いのか。

しかしルーカスは不思議そうに言うのだ。ミリィを抱っこして重くないのかと。確かにミリィも十二歳で大きくはなったが、まだまだ小さい。そして驚くほど軽い。食べすぎるとお腹を壊したりするため小食なミリィは、すごく痩せている。そのどこを見て重いなどというのか。

ルーカスの言葉に、「ごめんね重いでしょ」と、心配そうに言うミリィ。ルーカスを殴りたくなった。そもそもジュードが普段鍛えているのはミリィを守るためだが、それだけでなく、どんなに重くなってもミリィを抱き上げるためである。ジュードから鍛える理由を奪うというのか。

この件についても、ルーカスには軽く指導しておいた。もう一生抱っこに口出しはしないだろう。

髪の毛の手入れが終わると、ジュードはバスローブから寝間着に着替えて、ミリィを抱き上げてベッドへ運んだ。

ベッドに横になるミリィの姿を見ると、本当に大きくなったなと思う。昔はすごく小さくて、ぷにぷにコロコロしていて、とにかく愛らしくて国一番の可愛さだと思った。最近はだんだんと大人へと成長し始め、愛らしくて、今では世界一の美少女だと思う。これからもどんどんと綺麗になり、男女問わず虜にするだろう。

いまだに一人で寝られないのに寝つきは良いミリィは、もう寝息をたてていた。ジュードにぴたっとくっついて眠る姿は天使のようである。

今はまだ守ってやれるが、将来が心配だった。いつどこでどんな奴に見初められるか分からない。そいつがどんな手段でミリィを手に入れようとするか分からない。

手の届く範囲であれば、ジュードの命に替えてでも守る。けれど成長するにつれ、今以上にミリィの行動範囲は広がるだろう。目の届かないところで、何かあったらどうする?

さきほどのミリィの提案だが理由はともかく、やらせてみるのもいいかもしれない。それがミリィ自身を守る一つの手になる可能性もある。

ジュードはミリィのおでこにキスを落とし、自身も目を瞑《つむ》った。いつでもどこでも元気に笑っていてほしい。それが兄の願いなのだ。

◆　◆　◆

現在私がいるのは、ダルディエ邸の敷地にある護衛騎士の訓練場である。シオンと、その横に護衛騎士の一人が立っていた。

先日、ジュードに何でもいいので武器の訓練がしたい、また弱い力でも一撃で倒せる技があるならできるようになりたいとお願いしたのだ。

私と同じ騎士団がある家門に生まれたルーカスは、剣の扱いに長《た》けていて羨《うらや》ましい。私だって剣を扱える環境にいるのだから、剣もしくは武器が扱えるようになりたい。そしてかっこよく剣を扱う兄たちのようになれたら、という憧れもある。

体力をつけるために運動をしているが、それ以上のこととなるとジュードはいい顔をしなかった。けれど、ディアルドやシオンと話をしてくれて、晴れて技を教えてもらえることになった。

まずは武器を使わない、一撃で倒せる技を伝授するという。そういったことはシオンが得意だ。たくさん覚えすぎても実戦で使えないと困るので、四つの技を体に染み込ませるくらい覚えろと言われた。うん、頑張ろう。

「まずは一つ目。一度やってみせるから、見てろよ」

シオンは護衛騎士を隣に立たせた。護衛騎士は何が始まるのか分からなくて困惑している。

シオンは一瞬で護衛騎士の、男の大事な部分に膝を上げた。

それって、金的攻撃――！

護衛騎士は大事な部分を押さえて、屈みながら声にならない声を上げて悶絶している。私も驚いて口に手を当てた。護衛騎士にそろっと近づく。死んでないよね？

「だ、大丈夫？」

顔が真っ赤である。大丈夫ではなさそうだ。

「シオン、これ本当に訓練するの？」

「当たり前だろう。これは真っ先に教えるようにジュードが言ってる」

「だって、これ男の人にしか効かないじゃない」

女性の場合、スカートが邪魔である。

「女に効くやつは別で教えるから。言っておくけれど、今は膝を使ったけれど、この技を使う場面で膝が使えるとは限らないし、手や肘を使って攻撃するのも教えるから」

「そんなに使う場面があるかな。この技使ったら痛そうよ」

ちらっと護衛騎士を見る。

「ミリィを襲うやつがいたら、思いっきりぶちかませ。生涯使い物にならないくらい徹底的に」

確かにそんな場面であれば、この技を使ってもよさそうだ。

「……わかった。思いっきり潰すつもりでね」

「そうだ。潰して後悔させてやれ」

何を、とは言わないが。

「でもシオン。練習の前に防具を作ろう」

「防具？　なんでだ」

「だって練習台ってその護衛騎士の人でしょう？　悪いことは何もしていないのに可哀想」

護衛騎士が私の言葉にびくっとした。

結局、金的攻撃訓練は別の日にすることになった。防具はジュードに説明して作ってもらうことになった。

金的攻撃は次回以降となったが、それ以外の攻撃方法についてはそのまま教えてもらった。喉を潰す攻撃、首の側面の頸動脈を打つ攻撃、目突き攻撃である。どれも力のない私でもできる技で、いつでもできるように練習は必要であった。

ただし、とシオンは言う。

「一撃必殺技を教えたけれど、使わないで済むならそれがいい。逃げられるなら逃げたほうがいい。大声を出して済むなら、そのほうが良い。まずは危険を回避するのが一番だ。あくまでも技を出すのは最終手段だからな」

「分かった」

確かに一撃必殺とはいえ、それで大したダメージがなければ相手は逆上してしまうだけである。しっかり当たったとしても逃げる時間を稼ぐのがせいぜいだ。

シオンの言葉を肝に命じながら、練習に励んだ。

数日後、金的攻撃用の防具が出来上がり、さあ練習をしよう！　と息巻いていくと、練習相手が女性になっていた。前回シオンの練習台にされた同僚に泣きつかれたらしい。うちの護衛騎士の中には多くはないが女性もいる。いつも冷静沈着に仕事を行う綺麗なお姉さんだ。

金的攻撃は男性にしか効かないと思っていたけれど、女性だってもろに当たれば痛いという。なのできちんと防具を付けてもらい、練習を始める。男性と違い金的攻撃に肯定《こうてい》的なお姉さんは、それはそれは的確に間違いを指摘してくれるのでありがたい。他の一撃攻撃も、いざという時に失敗しないよう練習している。

もう一つ、武器を使った訓練を開始したのだが、これは私の予想するものと全く違っていて、がっかりした。

「どうして扇子？」

「自然と持てるもので、違和感がないからな。ジュードが作った。中に鉄が入っている」

「わ、重い。本当だ、見た目だと鉄が入ってるとは分からないね。でも剣とかナイフとかが良かったなぁ」

「ミリィにそんなもの持たせるわけないだろう。危なすぎる。これはこれでちゃんと武器になるんだからな。普段から使いこなせるようになっておくんだ」

確かに見た目以上に重いので、まずは重さに慣れて、他の人からただの扇子を持っているように見える訓練をしないといけなさそうだ。

「この扇子が使えるようになったら剣も習いたいな」

「駄目だ」

シオンは頑なだ。私も人のことは言えないが。ぷくっと頬を膨らませていると、シオンは溜め息をついた。

「やっぱり拗ねると思った。剣は駄目だけれど、いずれはボーガンを教えてやるから機嫌を直せ」

「え、ボーガン？　本当？」

ボーガンは弓の一種である。

「あれならミリィでも練習すれば使えるようにはなる。まあミリィがどこで使うんだって話だけど」

「やったぁ！」

「言っておくけれど、もう少し先の話だからな。まずは扇子に慣れるところからだ」

「はぁい」

やはりシオンは私を分かっている。剣を使わせてもらえないのは残念だが、ボーガンも武器だし、まあいいかと思いなおす。

そうやって忙しい毎日を送っていると、あっという間に冬がやってきた。双子とエメルも冬休みで帰ってきて、とても賑《にぎ》やかである。ルーカスは一般的には家族と過ごす認識の年始もラウ領へは帰らないらしく、暖かい部屋で私とオセロの対戦をしていた。

「ふふふ、今回はミリィの勝ちじゃない？」

「まだ半分だろ！　ここから挽回するから」

いつもオセロ対戦しても負けるのだが、今回は私の黒色のほうが多い。これは勝てると思っていたが、いざ終わってみると負けていた。

「うそ」

「あはは！　ほらな！」

私の後ろで見ていたエメルは苦笑している。

「ミリィがここに置いてしまったのが、敗因ですね」

「えええ⁉　エメル、分かっていたなら言ってよぉ」

「言ったら言ったでミリィは悔しがるでしょう？」

「うっ」

確かに。さすがエメル、よく分かっている。

悔しい。そもそもこのオセロを広めたのは私なのに、なぜ負けるのだ。こうなったら。

「ジュード！　あれを出して！」

「トランプ？」

「そう！　ババ抜きで勝負しましょう！」

「なんだそれ」

実は現在試作品で、ジュードにトランプを作ってもらったばかりなのだ。だから誰もルールを知らない。前世でさんざんやったのだから、これなら勝てるはずだ。

いずれは販売しようとは思うが、しばらくは兄たちと遊んでみんなの反応を確認しようと思っていたのである。

まずはトランプの王道、ババ抜き勝負である。兄全員とルーカスにルールを説明する。それから実際にやってみる。

「わーい、一抜け！」

最初の勝負は私が一番に勝った。負けたのはジュードだった。

その後、なかなか盛り上がったババ抜きだったが、終わりごろ、私は愕然《がくぜん》としていた。最後の三本勝負では全部、私の手元にババが残りっぱなしだったのだ。

「どうして？　何でミリィにばかりババが残るの？」

双子はニヤニヤしているし、他の兄たちも微笑んでいる。そしてルーカスがずばっと言った。

「だってお前、ババ持っているの丸わかりなんだもん」

「え」

「ババがないときは機嫌いいし、ババが来ると絶望的な顔をしているし。俺でさえどこにババを並べているかまで分かるんだけど」

「ルーカス、ばかだな。ミリィはそこが可愛いんじゃないか」

「そうそう。ババを必死に取ってもらいたそうにしているところを、わざと取らないで、もっとしゅんとしているのを見たくなるでしょ」

双子のヒドイ言いよう。顔に出ていたとは、ショックである。

「もう！　今日は終わり！」

負けてばかりで悔しいが、これ以上やっても負けが増えるだけである。

エメルがおいでと手を振るので、少し悔しい気持ちのままエメルの膝に乗った。

「エメルはあまり表情が変わらないね。ババを持ってるの気づかなかった」

「私は表情筋が壊れているらしくて。ソロソがいつも言うんですよね」

「え？　そうかな。笑っていても怒っていても、ミリィには分かるよ」

「それですよ。一般的には怒った顔で怒るものらしいですから。笑っているのに、怒ってる？　って聞いてくるのですよ、あの人。まあ、ソロソはそのあたり敏感な人ですからね。いつも空気を読んでいると言いますか」

「いいじゃない。それはエメルの武器みたいなものでしょう。ミリィにもそのちぐはぐ技、伝授して！　ババ抜きで勝ちたいの！」

「ちぐはぐ……ふふふ、ミリィには勝てませんね。そうですね、将来的にも表情を自由に扱えるほうがいいですから。少しずつ練習しましょうか」

「うん！」

よーし、これで、いつかは表情が分かりやすいなんて、言われないようになるだろう。楽しみである。


冬休みが明け、双子とエメルは帝都へ帰った。そして卒業以降ダルディエ領にいたシオンも、しばらく家を空けるという。グラルスティール帝国のあちこちを回ると聞いていた。

「いいなぁ、シオン。ミリィも行きたい」

シオンとベッドに入り、明日屋敷を出るというシオンに絡みついた。

「言っておくけれど、遊びじゃないからな」

「そうなの？」

ただの旅行だと思っていた。

「……もしかして、影も一緒についていく？」

シオンが無言のところを見ると、間違いなさそうだ。影がついてくるということは、裏の仕事か何かである。そうであれば、私はついて行くことは不可能だ。

「分かった。でもあまり無茶をしないでね。ちゃんと無事に帰ってきて」

「分かってる」

本当に分かっているのだろうか。シオンは戦闘力が高いものだから、自分から突進して行きがちなのだ。

「どれくらいで帰ってくるの？」

「二、三ヶ月くらいだな」

「帝都にいたときみたいに、時々連絡してね？」

「なんだ、寂しいのか。ディアルドやジュードがいるだろう」

「寂しいよ。ディアルドやジュードは好きだけれど、シオンがいない寂しさを埋めるのは、シオンしかできないからね」

「分かった分かった、連絡するから。ミリィも連絡するんだぞ」

「うん」

少しぶっきらぼうに言う兄が愛しい。

「ねえ、シオンがいれば、そんなに護衛もいらないでしょう？　いつかミリィを遠出に連れて行ってほしいな」

「まあいいけど。いつかな」

そのいつかがいつ来るか分からないが、こう見えて一度約束したことは破らないのがシオンだ。いつかが来るのが楽しみだと思いながら眠りにつくのだった。

それからシオンは屋敷を去り、私はいつもの生活をする日々。

その中で、何度も試作を繰り返していたブラジャーが、良い出来に仕上がってきた。十二歳になり、最近胸が大きくなりだしたことから、しばらく私がモニターとなって使ってみようということになったのである。

「どう？　痛くない？」

衝立《ついたて》の向こう側からジュードが声をかける。つけてみたブラジャーは、生地も柔らかくて痛くない。試作品第一号では、ブラジャー下の骨組みが痛かったりしたのだが、全て改善されている。

「今度のは痛くないよ。これならつけてみてもいいかも」

そしてその日からブラジャー生活を始めた。成長期だからか胸が痛いこともあるので、早めに開発をジュードにお願いしておいてよかったと思う。

それから、ジュードにはもう一つ、現在開発をお願いしていることがある。それは前世でいうパンプスタイプのハイヒールの靴だ。

私たち女性の普段の靴はブーツが主だ。それは貴族も平民も同じで、差があるといえば、良い生地を使っているかどうか、値段が高いか安いかの違いくらいである。ブーツ以外では、男性も履くような靴に太ももまでの靴下を合わせるか。

ブーツはすぽっと履けるブーツもあるので、楽と言えば楽だ。ドレスに合うようなデザインのブーツもあるので問題はない。ただドレスをもっと綺麗に見せることができる、ハイヒールの靴があればいいなと思っていた。

ハイヒールの靴は私の意見を聞きながら作成の途中であるが、将来的に私が夜会に出るようになる頃に仕上がればいいので、気長にやっている。それでなくとも、ジュードにはいろんな開発をお願いすることが多いので、負担をかけ過ぎてはいけない。ジュードが頼んでいる職人も、変なものばかり作らされると思っているかもしれない。

そして季節は春。シオンが帰ってきた。

◆◆◆

ダルディエ公爵家当主・ジルは、帰ってきたばかりの息子シオンからさっそく報告を受けたが、あまりいい内容とは言えなかった。

特にきな臭いのは西の情勢だ。西の国境にあるタニア王国との関係は元から良くないが、最近では悪化の一途をたどっていると言える。あそこはアカリエル公爵たるルークの管轄だから、問題はないとは思うが。

（南の方も、しばらく監視が必要か）

無意識に眉を寄せる。あまり関わりたくないところではあるが、そうも言ってはいられない。ダルディエ公爵家と南公バチスタ公爵家の関係は、良くもなく悪くもなくというところだ。それだけならまだしも南公本人は、昔から素行が良いとはいえない。

「心配事ですか、ジル」

はっとして横を見た。フローリアが心配そうにこちらを見ている。しまった、せっかくの二人の時間なのに、つい考え込んでしまった。

「すまない、何でもないよ」

安心させるように妻の腰に置いた手に力を入れた。

フローリアは心配性である。心配しすぎて倒れたりするから、あまり負担をかけるのはよくない。ジル自身、フローリアはいつも心穏やかにいてくれるのが一番だと思っているし、このいつまでも美しい妻が暗い顔をするのは見たくないのだ。

ドアが開く音と共に、娘と猫のナナがやってきた。

「ママ、パパ、見て。シオンがお土産をくれたの！　南で買ってきたのですって」

嬉しそうにお土産を見せる娘は、本当に大きくなったと思う。最近でも熱はでるが、前ほどではない。努力して体力をつけたことが功を奏したのか、昔より強い体になってきている。小さいころは、いつ倒れるかと常に心配だった。もしかしたら、大人になれないかもしれないと、胸が痛くなった。けれど嬉しいことに、ここまで成長してくれた。

「綺麗な石ですね。加工してネックレスにしたらどうかしら」

「ネックレスかぁ。このままでも綺麗だもの。大きいから書類を置く時の重石《おもし》にしてもいいと思わない？　ママ」

「それもいいわね。ところでミリディアナちゃん、そのドレス、先日作ったものでしょう。とても可愛いわ！」

「えへへ、そうなの。ママが絶対これがいいって言っていたドレス」

「とても素敵よ！　少しくるっと回ってみてくださらない？」

フローリアの言うように回って見せて笑う娘は、妻に似て美しく成長していた。元々フローリアに似ていたが、最近大人の表情を見せるようになった。そうなると、ますますフローリアにそっくりに感じる。

「パパ、ちょっと横にずれて？」

娘の一言に、ジルが横へずれてフローリアとの間が空くと、娘はその間に座った。こういうところはまだまだ子供なのだが、そんなところも可愛い。

いつかはこういうことをすることもなくなるかもしれないが、娘が甘えてくるうちは、この権利はジルのものだから絶対に自分から手放すつもりはない。

愛しい妻と娘が楽しそうに話す時間は、何にも勝る得難い幸福の時間である。

「ああ、ここにいましたか」

部屋にディアルドとジュードが入ってきた。

「どうした？」

「シオンが今年は帝都には行かないと言っているので。ご存じですか？」

「ああ。さっき許可した」

「残念です。正装を用意していたのですが」

シオンが用意しないのは分かっているので、ディアルドが気を利かせてくれたのだろう。

「パパ、シオンは帝都に行かないの？　またどこかに行く気なの？」

「いや。シオンはしばらくここにいる予定だ」

「じゃあミリィも帝都に行かなくてもいい？　シオンとお留守番する」

「え⁉　帝都に行かないの？　向こうで俺が好きなものを買ってあげるよ」

ジュードは娘を甘やかしたい病にかかっている。

「今欲しいものないもの。そうだ、美味しそうなお菓子があったら買ってきてね」

「えー。ミリィとデートしたかったんだけどな」

娘は今のところ、ドレスや宝石など、女性が好みそうなものを必要以上に欲しがったりしない。

フローリアのようにおねだりしてくれれば、いくらでも買ってあげるのだが、とジルは少し残念に思う。

「ジュードはもっと女の人とデートをしたほうがいいと思うな。いつもミリィとデートするか、仕事をしているかでしょう」

「俺が知る中でミリィが一番可愛いから仕方ないんだ」

「そんなこと言っていたら、あっという間におじいちゃんになっちゃうよ？　ミリィがいつか結婚したら、ジュード一人になっちゃう。そしたらミリィが心配するわ」

ギョッとしたのは、ジルと息子たちだった。フローリアだけはキラキラした瞳を娘に向けていた。

「まあ！　ミリディアナちゃん！　もしかして、好きな方がいるのかしら！」

「え？　……ううん、いないよ」

「今の間は何⁉」

ジルの思ったことをジュードが代弁した。

「ママにだけ教えてくださらない？　もしかしてルーカスかしら！」

「ママ、ここで話をしたら、全員聞いているでしょう。それにルーカスは兄妹みたいなものだもの、好きにはならないわ」

「そうなの？　ルーカスはいい子だもの。ミリディアナちゃんが好きならママは賛成するわ」

「俺はしない！　全然賛成しない！」

ジュードがまたジルの代弁をする。

「本当にルーカスは違うの。家族みたいに好きなだけなの」

「まあ残念。じゃあミリディアナちゃんに好きな人ができたら、ママに必ず教えてくださいね」

「俺にも教えて！　そいつは全力で、つ――」

ジュードは潰す、と言いたかったのだろうか。ディアルドがジュードの口を笑顔で塞《ふさ》いでいる。

「うん、教えるね！　……あ、でも、もしだけれど。好きな人がミリィを好きになってくれなかったら、結婚できなくなっちゃうよね？」

「あら、そんなことありませんわ。ミリディアナちゃんが好きなら、ジルがなんとかしてくれますわ。ね、ジル？」

ね、と言われても。それは相手が何と言おうが、娘のために無理やり結婚させてやれ、ということだろうか。娘を誰にもやりたくない身としては、結婚などさせたくない。

とはいえ、この美しい娘を振るという男がいるなら、それはそれで腹が立つ。ただフローリアの手前、本音は言えない。

「……そうだな」

「何をおっしゃっているのですか、父上！　ミリィのことを好きでもない男にやるつもりですか！　そんな男は沈めて、俺がミリィを一生面倒見ますので、ご安心を！」

そう言われ、内心は全力でジュードを頼もしく思う。いつかは父であるジルの方が先に死ぬのだから、ジュードが娘を見てくれると言うなら安心だ。

「結婚しなくてもジュードが面倒を見てくれるの？　ミリィがおばあちゃんになっても？」

「あたりまえじゃないか。ミリィはいくつになっても、俺の大事な妹なんだよ。大丈夫、ミリィが欲しいものは一生何でも買ってあげられるくらい稼ぐからね。俺と一緒に年をとるのも楽しいと思わない？」

「そうね、いいかも！」

よしよし。とりあえずは話題はそれた。しかし今、娘に好きな人がいるのかどうかについては、調査が必要だと内心思うのだった。

◆　◆　◆

社交シーズンで両親とディアルドとジュードは帝都へ向かったが、私はシオンが残ると言うので一緒に領の屋敷に残っていた。私は別に都会に行きたい！　というタイプではないし、帝都へ行かなくても、欲しいものはだいたいジュードにお願いして作ってもらえる。社交界へ出る年頃ならまだしも、まだ子供の私は本来帝都へ行く必要性はないのだ。

それにシオンだけでなく、今はルーカスもいる。ルーカスは今度の夏休みまでいるらしいので、もう少し一緒に遊んだりできるのだろう。

ただ、領に残ってからしばらくして、どうして帝都に来ないのかとカイルから手紙が来た。

今年もシーズン中は来るのだと思っていたらしい。確かにシーズン中に私が帝都へ行かないなら、カイルと会うのは夏休みだけとなってしまう。そこまで考えてなかったので、カイルには悪かったと思う。もちろん私だってカイルには会いたいのだから。

とはいえ、日々が過ぎるのは早い。社交シーズンが終わり、両親や上の兄二人が帰ってきた。

そして私は十三歳になった。

夏休みとなり、双子が帰郷する。今年は双子がテイラー学園を卒業したのだ。卒業後の進路として、双子は二人共、近衛騎士団へ入団することが決まっている。だから夏休みが明けたら、帝都へ戻ることになる。

双子に続いてエメルとカイルもダルディエ領へ帰ってくる。私はお出迎えのために、屋敷の入り口で二人を待っていた。その横にはルーカスが立っている。

「ルーカスはカイルお兄さまに会うのは初めて？」

「帰ってくるのエメルさんだけじゃないの？　カイルお兄さまって誰？　まだ他にも兄がいた？」

「……もしかして、聞いてない？」

「何が？」

「……あのね」

カイルが皇太子だと言っておこうかと思ったところ、丁度向こうから馬車が現れた。

「あ、帰ってきた！　エメルー！　カイルお兄さまー！」

馬車を降りた二人に抱きついた。

「おかえりなさい！　会いたかったわ！」

「ただいま、ミリィ。俺は一年も会えなくて寂しかったよ」

「そうですよね。私にずっと、冬休みにミリィに会えたお前はずるいって言っていたのですよ」

「エメル」

「ふふふ、カイルお兄さまを寂しくさせてごめんね。夏休みはたくさん遊びましょう」

そして入口から屋敷へ入ろうとしたところ、ルーカスが誰だろう、と言いたげにカイルを見ていることに気が付いた。

「あ、ルーカス」

ルーカスの傍《そば》に行くと、その耳に口を近づけ、こそっと耳打ちした。

「カイルお兄さまは皇太子なのよ」

「……は？」

毎年カイルがここで夏休みを過ごすとはいえ、一応使用人などにはカイルは皇太子ということは秘密となっている。例えば家令など知っている人は知っているが、全員が知っているわけではないのだ。だからカイルが皇太子だとは大きな声では言えないのである。

「カイルお兄さま、ラウ公爵家の長男ルーカスよ」

「うん、エメルに聞いているよ」

「お、お初にお目にかか」

「ラウ公爵子息。そういったことは、今ここではいらないから。ミリィ、屋敷に入ろう。お土産を持ってきてるんだよ」

「う、うん」

カイルが手を出したので、それを握って中に入る。ルーカスとはそこで別れることになった。

あんれぇ？　なんだかカイル怒っているのかな？

ちょっとだけピリッとしたものを、感じるような感じないような。

それからお土産を見せてくれるカイルとエメルに囲まれて、箱の中を見ていた。私は物よりもお菓子を貰った方が嬉しいと知っているので、大半はお菓子である。

「たくさんのお菓子をありがとう。あとでお茶にしましょう」

「そうだね。……ところでミリィ」

「うん？」

「ラウ公爵子息とは仲が良いの？」

「そうね。仲がいいわよ。年も一緒だし、いつも遊んでいるわ」

「ふーん……。好きなの？」

「好きよ？」

カイルが急に無言になった。なんだ？　エメルを見ると、にこっと笑い返された。いや、それじゃあ分からないんだが。

やはりあれか、社交シーズンで帝都に行かなかったのに、その間にルーカスと遊んで仲良くしてしまったから、妹を取られた気分になったのだろうか。これはちゃんとカイルに、妹の兄への愛は不変だと伝えねばなるまい。

「ミリィは、カイルお兄さまのことも好きですからね？」

「……」

「お友達ができたからって、ミリィのカイルお兄さまへの愛は変わらないわよ」

「……友達？」

「そうよ。友達は友達よ。カイルお兄さまとは違うわ」

「それは……どっちの方が、より好きなの？」

ああ、なんだ。私がカイルよりルーカスの方を好きになってしまったと思ったのか。どちらがより好きかなんて、決まっているのに。私は筋金入りのブラコンなのだ。カイルに抱きついた。

「もちろん、カイルお兄さまよ。大好きなんだから」

「……うん。俺も」

やはり帝都へは行くべきだったと思った。妹である私は、カイルを寂しくさせてはいけない。

それからはカイルの機嫌が悪くなることはなかった。いつもの夏休みを一緒に楽しむ。

そして夏休みのある日。午前中、エメルとカイルは勉強のために部屋に籠《こも》っていたため、私は騎士団へやってきていた。一角と遊んだり三尾と戯れたりしてから、昼前に屋敷へ帰ろうとしていたところをルーカスに呼び止められた。

「なあ、カイル様って、やっぱり怒っているよな」

「やっぱりって？　怒っていないと思うけれど」

「いやいや怒っているって！　あの無表情が怖い」

「ええ？　そう？　確かにカイルお兄さまは無表情が普通の顔だけれど。仕事のし過ぎかな？　よく眉間に皺《しわ》が寄っているよね」

「そういう話じゃない」

「じゃあ、どういう話よ？」

「なんていうかこう……俺がミリィと話をしていると、より怖い雰囲気というか」

「ああ。カイルお兄さま、ミリィが好きだものね。ルーカスに取られると思っているみたい」

「取らないから！　というか、そういうあれか！　お前のところの兄様たち、ミリィを好きすぎるよな！　ミリィのことになると、ジュードさんとか時々怖いからね⁉」

「ふふふ。お兄様たち、ミリィのこと愛しているもの。ミリィもお兄様たち大好きだから相思相愛なの」

「笑い話じゃないから。これは恐怖の話だから」

「何が怖いの？　ミリィとお兄様たちの相互愛だもの。完結しているでしょう」

「お前知らないからそんなこと言うんだよ」

「何を知らないの？」

「うっ、それは……」

何かを葛藤するように頭を押さえたルーカスは、盛大な溜め息を吐いた。

「……いや、もういいわ。俺が気を付ければ済む話だ」

「ええ？」

「じゃあな。昼食待ってるぞ。気を付けて帰れよ」

「うん……」

なんだったんだ。

ルーカスは一年間ダルディエ公爵家にいたので、私のブラコンや兄のシスコンにも慣れたはずだ。あまり気にすることでもないだろう。昼食のために屋敷へ戻るのだった。

そして恒例の湖での水遊び。今年はルーカスがいるために、去年着た足の出るブルマ型タイプの水着は禁止されてしまった。仕方がないので、ズボンがついているワンピース型の水着で我慢しての水遊びである。

なんだかんだ楽しんだ夏休みの終わり、最初にダルディエ領からいなくなったのはルーカスだった。一年間の滞在を終え、今年はテイラー学園へ入学する年なのである。入学試験はいつ受けたんだと思いきや、今から受けると言うから驚きだ。入学の直前までに受かればいいらしい。だから一度ラウ領へ戻って、それから帝都へ行って試験を受けるのだという。

次に帝都へ戻ったのは双子だった。双子の方は近衛騎士になることはもう決まっているので、色々と準備のために早めに帰っていった。そしてその後、エメルとカイルも帝都へ帰っていき、ダルディエ邸は急に静かになった。

十三歳になった年の秋。

ついにカナンが私の侍女としてデビューした。元からいる侍女の補助という形ではあるが、しっかりやっている。すごく気が利くし、今のところ失敗もほとんどなく、私から言いたいことは何もない。

（ただ視線が痛いのよね）

私の一挙一動を見逃しません！　とでもいうくらい、視線を感じるのだ。気にしすぎかもしれないが。まあ私が慣れればいいだけだ。

また、アナンも出かける時に護衛としてついてくる時がある。二人共頑張っていると思うと、私も嬉しいものだ。

「お嬢様、トウエイワイド帝国モニカ皇女殿下より、小包が届きました」

侍女になったカナンがそう言って、私の部屋に小包を持ってきてくれた。小包を開けると、中には手紙とモニカの肖像画が入っていた。

モニカがダルディエ領へ遊びに来てくれてから、三年以上が経っていた。モニカは何度か再びダルディエ領を訪問しようと画策していたようだけれど、実現していない。モニカも自国では皇女であり、忙しい毎日を送っているようで、再びの出国を簡単には許してくれない父の皇帝や兄のことを怒っている手紙が送られてきた。

だから、私がモニカに提案したのだ。手紙はよくやり取りしているけれど、時々肖像画も送り合おうと。

我が家にも家族やご先祖様の肖像画はたくさんある。ダルディエ公爵家と専属契約している画家もいるため、定期的に描いてもらっているのだ。

だから、モニカに会えない寂しさを埋めるために、モニカにも自身の肖像画を送ってもらっている。前回貰った肖像画より、少し成長したモニカが見られて嬉しい。私の部屋の壁の、モニカ肖像画コーナーに今回貰った絵も飾る。

今でもモニカはダルディエ領へ来ることを常に画策しているようだけれど、少なくとも、モニカの兄のエグゼのように、テイラー学園へ入学できる年齢には、絶対にどんなことがあっても留学するからとモニカは息巻いていた。モニカが留学してくれるのは私も嬉しいので、ぜひとも来てほしいと期待している。

それから、アナンとカナン兄妹と一緒に住んでいるアンも、最近は一人前の仕立て屋として働いている。元々デザインのセンスがあり、技術も高かった。師匠に色々と教えてもらい、さらに腕が磨《みが》かれてジュードの商会の婦人服部門で活躍している。将来的には私の夜会服ドレスなんかも作ってもらうつもりである。

そして私は最近ダンスのレッスンを開始した。いろいろとステップを覚えなくてはならないが、今のところ楽しんでやれていると思う。ディアルドやジュードはダンスが上手いので、練習相手に事欠かないのだ。シオンはダンスが好きではないようだけれど、最低限は踊れると本人は言っていた。シオンが踊っているところを私は見たことがないので、何とも言えないが。

そして冬休み、エメルはいつも通り帰郷したけれど双子は戻ってこなかった。近衛騎士は長期休みでも仕事がある。休暇をとっていない同僚同士で交代の勤務となるのだが、双子の場合今年は新人近衛騎士になったばかりということで帝都に残らなくてはならないらしいのだ。経験を積ませるための新人の仕事があるのだとか。

いつも冬休みに会えていた双子に会えないのは、すごく寂しかった。

帰郷したエメルとベッドに入る。

「エメルは今、五年生よね。去年から女の子も同じ学年にいるでしょう。エメルは好きな人はいないの？」

「いないですね。私はまだそういった感情が分からなくて」

「えー。でもエメルはモテるでしょう？　かっこいいもの。優しいし」

「どうでしょう。モテてはいないと思いますけれど。私の近くには、すごくモテる人がいますから」

「え？　そうなの？　……あ、カイルお兄さま？」

「そうです」

「そうかあ、カイルお兄さまもかっこいいものねぇ」

それに皇太子である。同じ年代の令嬢たちは、目の色を変えていることだろう。ただ、エメルだって皇太子の側近である。十分将来有望株だ。

「ミリィも順調にいくなら、二年後の夏にはテイラー学園に行けるはずよね」

「ミリィなら、入学試験に簡単に受かると思いますよ」

「そうかな？　でも確かに訓練ばかりしてたルーカスだって無事に入学できたっていうし、普通に勉強していれば受かるはずよね」

ただルーカスとは入学する学年が違うから当然試験の内容も違うだろう。だから受かるかどうかに少しだけ不安はある。

「ミリィは今までだって勉強を頑張っていますし、もし心配なら、入学前に私が試験勉強を教えますよ」

「ありがとう！　その時はお願いするね！」

「もちろん。ただ、ミリィはテイラー学園の前に、女性の学園へは行かないのですか？　もう入学はできる年でしょう」

女性の学園とは、貴族の女性が通う、マナーや教養、学問を学べる女子校のことだ。十三歳から十八歳までの六年間を通うことができて、帝国内に数校存在する。ただ定員もあるため、貴族女性が全員行けるわけではなく、テイラー学園ほど難しくはないようだが、試験もある。

「ダルディエ領には女性の学園はないから、行くなら帝都にある学園になるでしょう。そうなると前みたいにミリィだけが帝都に行くことになるから、パパは、行っても行かなくても好きにしていいよって。だから、考えたのだけれど、今年はやめようと思ったの。本邸にいても、勉強はできるもの」

「そうですか。まあ、でも、ミリィなら最初からテイラー学園に入学する形でもいいかもしれないですね」

ダルディエ領から一番近い女性の学園は、本邸から馬車で三時間以上はかかる距離にある。毎日通うのは現実的な距離ではない。そうなると、別の選択肢は帝都にある学園になる。

帝都であれば、テイラー学園へ通うエメルがダルディエの別邸で暮らしているので、私が一人で眠れない問題は解決する。そういう面では帝都の女性の学園に行くことも考えた。

ただ、勉強なら家庭教師のおじいちゃん先生のもとでしっかり学んでいるし、マナーや教養の先生にも定期的に来てもらっている。女性の学園は強制ではないし、どうしても行きたい理由がなくて、今年は行くことをやめたのだ。

定員が割れれば途中編入することはできるので、来年か再来年、機会があれば、入学しようか考えようと思っている。

その年の冬休みも終わり、エメルは帝都へ戻っていった。

シオンはまたダルディエ領からどこかへ行ってしまった。今回は少し長めになるかもしれないと言っていたから、社交シーズンになっても戻ってこないつもりなのだろう。相変わらず何をしているか分からないが、やはり影と一緒のようだから、何か裏の仕事であるのは間違いない。

そしてあっという間に社交シーズンがやって来た。今年はカイルと会うためにも、両親たちと上の兄二人と共に帝都入りした。


社交シーズンで帝都入りした私は、カナンや侍女に手伝ってもらい、少しだけ着飾っていた。

「どうかな？」

「素敵です！　妖精のようです！　いえ、女神かもしれません！」

「……カナン、そこまで褒めなくていいから。普通に感想を言ってくれる？」

「大変お似合いです」

最近、カナンは思いが高ぶると、私に過剰反応することが分かった。なのに冷静になるよう促《うなが》すと冷静な返しをくれるのだから、最初からそうして欲しい。

先日、あまりにも興奮したカナンは、私に「崇拝しています！」と本音の爆弾を落としてきたのだ。信仰は勘弁してほしいので、聞かなかったことにしたが。

今日は少し控えめだけれど、綺麗な薄紫色のドレスを着ていた。そして髪の毛は、金髪のカツラをカナンに編み込んでもらっている。

実はこの金髪のカツラ、またジュードが自分の髪で作ってくれたのである。昔一度作ってもらったジュードの髪を使ったカツラは、今でも使っている。ただ長さが肩より上ほどまでしかなく、男装する時にしか使えない。

そこで、新しくカツラを作りたいとジュードに言ったところ、長かったジュードの髪をばっさり切って、カツラを作ってきてしまった。

まさか、またしてもそこまでするとは思っていなかったので慌てた。あんなに綺麗な髪がもったいないと思うのだが、本人は何とも思っていないようなので、今は深くは考えないようにしている。

ただ、イケメンは何をしてもイケメンなのだ。いまだ美女の枠を外れないジュードは、髪を切ったことで、美男子のレベルが上がってしまった。間違いなく、今年の社交界の話題はジュードがかっさらうに違いない。

「それ、本当に付けるのですか？」

着飾った上で、最後に眼鏡をした私を見て、不服そうにカナンが言う。

「付けるわよ。目立ちたくないの」

これから行くのは、皇宮である。貴婦人たちが少なからず出没する現場なので、できるだけ話題にはなりたくない。だから目立つ神髪を隠したのだ。

準備が整ったので、さっそく馬車に乗る。今日はカナンも侍女としてついてきている。護衛もいるが、アナンではない別の人だ。

皇宮といえば、いつもは皇太子宮を訪ねるのだが、今から行くのは違う場所だ。それは近衛騎士団の訓練場である。

前回の冬に帰ってこなかった双子は、今は近衛騎士団の宿舎に住んでいる。時々ダルディエ別邸へ帰ってきているとは聞いているが、まだ私は会えていない。一年目の近衛騎士はとにかく忙しいと聞いている。だから仕方がないけれど、近くにいるのに会えないのが寂しいので、私から会いに行くことにしたのだ。

近衛騎士団の訓練場には、一般公開されている場所がある。噂では近衛騎士のかっこよさを見に来る、貴婦人や令嬢も多いという。

また、一般公開の場所とは別に、家族が会いに行ける窓口もある。今日はそちらへ行く予定なのだ。

皇宮の敷地へ入り、近衛騎士団の訓練場の側まで送ってもらうと、馬車を降りた。カナンと護衛を連れて、騎士団の窓口を訪ねる。

「ごきげんよう。アルト・ティカ・ル・ダルディエとバルト・ティル・ル・ダルディエに面会を申し込みに参りました」

「……少々お待ちください」

なんだか、私のことを怪しんでいるな、この窓口の人。眼鏡が怪しいのだろうか。

身分と名前を伝え、しばらくそこで待っていると、双子が現れた。

「……ミリィ？」

双子まで、ちょっと怪しんでいないか。私は眼鏡を取ると、少しだけ頬を膨らました。

「もう！　ミリィの顔、忘れたの？」

「「ミリィ！」」

バルトが私を抱え上げた。

「何、眼鏡なんかして！　髪も違うし、誰かと思ったよ」

「そうだよ。せっかくの可愛い顔を、どうして隠すんだ？」

「変装したの。髪色とか目立つでしょ？　ここって、一般公開のところは貴婦人がいっぱいいるって聞いたから。それにこの前騒ぎがあったらしくて」

「あー……」

なぜか二人は会話を終わらせ、窓口の人に声をかけた。

「間違いなく妹でした。このまま妹を連れて中に入るので」

「分かりました」

なんだろう？　バルトは私を抱えたまま、双子が現れたドアへ向かった。もちろんカナンと護衛もついてくる。

「家族用の窓口からはこの中も入れるんだ。あ、ミリィ、眼鏡はしようか」

「うん？」

言われるがまま、眼鏡をする。

「あそこ見える？　人が並んでいるよね。あそこが一般公開で立ち入れるところ。こっちの家族用のところは、窓口で顔を覚えてもらえれば家族でもすぐに入れるんだけれど、最初は今日みたいに近衛騎士本人が迎えに行かないと入れない」

「で、時々いるんだ。嘘ついて家族でもない人が入ってこようとするのが」

「だから妹だったと窓口の人に言ったのね」

「そう。でさあ、一般公開側で騒ぎがあった件ね、ちょっと俺らも関係しているというか」

「……何したの？」

「あ、ひどい。俺らが悪いと思ってる？　違うよ？　巻き込まれただけだからね」

「そうそう。ま、俺たちがかっこいいのが悪いと言われれば、俺らが悪いってことになるかもしれないけれど」

何があったかと言えば。

一般公開側で見ていた令嬢が双子に惚《ほ》れた。毎日通うほど双子を思っていた。しかしそう思っていた令嬢が複数人いて、何かのキッカケで令嬢同士で喧嘩になったらしい。しかも双子はまったく面識のない令嬢たちで、口出しをしようがない。双子は何も悪くないので責任問題にはなっていないが、いい迷惑には違いない。

「……思い込みが激しそうな女の人には、手を出しちゃだめだよ？」

「大丈夫だよ。俺らの彼女たちとは、ちゃんとお互い了承済みの関係だから」

なら安心、と思ってしまう私も私だが。

相変わらず、双子に対して本気で恋をしそうな人には、手出ししないと決めているのだろう。そして彼女がそれぞれ複数人いるようだ。

双子は女性に優しいいし、彼女たちと良い関係を結んでいるようである。恋愛は自由だし、兄たちの恋路に口出す気はまったくない。恋愛話は大好きなので、話はぜひ聞きたいとは思っているが。

それから少しだけ話をして、帰ることとなった。

「ミリィがこっちにいる間、また会いに来てもいい？」

「いいよ。だけど今日みたいに変装をしておいで。俺たちも時々は帰るから」

「うん」

その後、窓口の人には顔を覚えてもらったので、今後は顔パスができそうだ。双子に見送られ、馬車に乗った。

さて次は。時間はちょうどよさそうだ。今日はテイラー学園が休みなので、カイルは皇太子宮にいる。お茶の時間に訪ねると、エメルに言ってあった。

たくさんの門を馬車で抜け、久しぶりの皇太子宮へやってくる。去年は帝都へ来なかったので、ここへ来るのは一年以上ぶりだ。

カナンと護衛を連れ、中へ入る。眼鏡を取って、階下の近衛騎士に声をかけた。

「ごきげんよう。お久しぶりですね。カイルお兄さまを訪ねてきました」

「これは。お久しぶりですね、ミリディアナ嬢。聞いておりますよ。どうぞお通りください。お連れの方はこちらへ」

階段から先は、侍女や護衛も通れない。カナンと護衛に頷《うなず》いてみせると、私は階段を上り、カイルの執務室へ向かった。執務室の入り口前まで行くと、そこに立っていた騎士が私を止めた。

「ミリディアナ嬢ですね。申し訳ありません、殿下は現在来客中でして。こちらの部屋でお待ちください」

「はい」

執務室の隣の部屋に案内された私は、椅子に座ってキョロキョロとする。

(この部屋は初めて来たかも)

ずっと手に持っていた眼鏡をかけた。眼鏡に度は入っていない。やはり変装アイテムとしては効果があるようで、双子も最初は戸惑っていた。カツラと眼鏡のセットだと、私だと見破れるのは、ごく身近な人くらいだろう。

しばらくして、ドアが開いた。

「ミリディアナ嬢、お待たせしました。こちらへどう……ぞ?」

「あ、大丈夫です。ミリディアナで間違いないです。眼鏡をしただけですよ」

「……失礼しました。どうぞ」

執務室へ案内されると、カイルとエメルが待っていた。

「カイルお兄さま！」

「……ミリィ？」

眼鏡を外して笑った。

「変装してみたの！　ミリィだって分からないでしょう？」

「驚いた。眼鏡をすると、ミリィじゃないみたいだね。髪形も違うし」

「カツラも新調したの。男装用のは使えないから。でもこのカツラも素敵でしょう？」

「可愛いよ。すごく似合ってる」

笑ってカイルに抱きついた。

「カイルお兄さまに会いたかったわ。夏以来ですものね」

「俺も会いたかったよ。年々ミリィは綺麗になっていくね。さっきも驚いた。眼鏡を外した人は、どこの美しい令嬢なのかと思ったよ」

カイルから体を離した。

「今日の恰好と男装姿とどっちが好き？」

「どっちもそれぞれ可愛いからね。決められないな」

「ふふふ！　じゃあ、また男装して会いに行くわね。明後日テイラー学園へ行こうと思っているのよ」

「ルカとして？」

「ルカとして」

カイルと笑いあう。それからエメルと三人でお茶とお菓子を楽しみながら、おしゃべりに花を咲かせるのだった。

　今日は朝からテイラー学園へ見学に行こうと、男装した私はエメルと一緒にカイルを待っていた。学園へは、カイルとエメルは普段であれば別々に行くのだが、私もテイラー学園へ行くと言ったところ、一緒に行こうと言われたのである。

　カイルがやってきたと使用人が知らせに来たので、馬車へ向かった。馬車の扉を開けると、カイルが微笑んでいる。

「おはよう、ミリィ」

「おはよう、カイルお兄さま。あのね、エメル以外にもう一人いるのだけれど、一緒に馬車に乗ってもいいかしら？」

「え？」

　私の後ろから緊張した表情のアナンが前へ出た。

「ミリィの護衛なの。いずれ一緒にテイラー学園へ行く予定なのだけれど、護衛の役目も考えて一度下見をさせたいって、ディアルドが言っていてね。今日一緒に見学をするようにって」

「……もちろん、いいよ。乗りなさい」

　ほっとした。アナンも行くなら、ダルディエ公爵家からも馬車を出そうか迷っていたのだ。しかしせっかくカイルが迎えに来ると言っていたので、私とエメルがカイルの馬車に乗り、アナンだけ公爵家の馬車に乗せる手も考えたのだが変な話である。カイルならアナンを乗せることを駄目って言わないだろうと思っていたが、案の定だったので良かった。

カイルの横に私が座り、前にエメルとアナンが座った。馬車が動き出して、カイルは私の手を取りながら口を開いた。

「……君はミリィの護衛と言ったね。確かアナン……、アナン・ル・リカーだったかな？」

「は、はい。そうです」

「カイルお兄さま、よく知っているのね？」

「前回の夏、ダルディエ領で見かけたからね」

カイルがアナンをずっと無言で見ている。なんでだろう。護衛として、アナンは適任かどうかを見ているのだろうか。

アナンは護衛といっても、まだ護衛見習いのようなものだ。今日だって護衛として私に付いて回るために来たわけではなく、テイラー学園のどこになにがあるか把握しに、下見にやってきただけである。なので今日はアナンのことを大目に見てほしいのだが。

カイルがあまりにもアナンを見るものだから、アナンは縮こまっている。蛇に睨《にら》まれた蛙のようだ。

ちらっとエメルを見ると、ただ笑って返されてしまった。最近このパターン多いな。まあいい。カイルもさすがにアナンを取って食いやしないだろう。ここはアナンの試練と思って放っておく。

テイラー学園に到着し、私とアナンは見学の手続きをする。おなじみの職員が対応してくれて、アナンはともかく私はいつもどおり顔パスかと思いきや、思ってもみないことを質問された。

「見学は問題ありませんが、ルカ君は今年入学しなかったのですか？」

（しまった！）

よく考えたら、私の年齢の男の子は、テイラー学園の一年生として入学しているのである。同じ年のルーカスだって入学しているのだ。一度も見学したことのないアナンはともかく、私は何度も見学していて、入学できる年齢なのに見学したいなどと、疑問を抱くのも無理はない。

予想外のことに汗がふきだした。どうしようと思っていると、エメルが後ろから私の肩に手を置いて微笑んだ。

「ルカは少し体が弱くて、今年の入学は見送ったのですよ。転入自体は試験さえ受かれば、いつでもできるでしょう」

「ああ、なるほど。分かりました。見学へどうぞ」

エメルに手を引かれながら、ほっと息をつく。

「ありがとう、エメル。ドキドキしちゃった」

「これくらい、何でもありませんよ」

後ろをついてくるアナンを確認し、カイルとも一緒に教室へ向かっていると、向こう側で知った顔が手を振っていた。カイルのもう一人の側近、ソロソだ。

「ルカ、いらっしゃい。男装してても相変わらず可愛いですね」

ソロソが頭を撫でようとすると、その手をカイルが握った。

「許可した覚えはないが」

「ええ？　カイル様の許可がいるんですか？」

「当然だろう」

「えー厳しくないですかー」と言うソロソも一緒に歩いていると、廊下の遠くの方で人が集まっているのに気づいた。

「あれ、どうしたの？」

「ああ、あれは先日の試験の順位が載っているんでしょう。今日張り出すと言っていましたからね」

「見に行かなくていいの？」

「見なくても分かりますから。それにわざわざ報告してくる人が大勢いますし」

集団には一切近づかず、私たちは教室へ入った。私とアナンが見学をする旨は、ソロソが先生に伝えてきてくれた。席にはエメルと私とカイルで一席、その後ろにソロソとアナンが座った。

ちらちらと私たちを見ている生徒がいる。見学が珍しいのだろうか。そういえば、女生徒が入って共学になる、四年生以降のエメルたちと見学するのは初めてだった。

「ごきげんよう、皇太子殿下。エメル様にソロソ様。こちらの方は？」

女生徒が数名近寄ってきた。

「ごきげんよう、みなさま。うちの末っ子なんですよ。今日は見学しますので、よろしくお願いしますね」

「まあ、やっぱり！　先日の夜会でジュードさまにお会いしたのですが、とても似ていらっしゃいますね」

エメルがにこやかに笑みを返す。そこに教室へ入ってきた生徒たちが、わらわらと周りに集まってきた。

「皇太子殿下、エメル様、ソロソ様。おめでとうございます！　試験の順位、また上位を独占されていましたね！」

「そうでしたか。ありがとうございます」

「もうずっと変わらない順位、さすがです！」

興奮している周りの生徒と、落ち着いて笑うエメルの温度差がすごい。それからすぐに先生が入ってきたため、集まっていた生徒たちは席へ戻っていく。

「順位はどうだったの？」

こそっとエメルに聞くと、後ろからソロソが答えた。

「変わらないって言っていたから、カイル様が一位、エメルが二位、俺が三位だよ」

「え!?　……ソロソも頭が良いんだね？」

「ええ？　何その驚きよう。俺のこと、なんだと思っているの？」

「えっと……おとぼけ要員？」

「ひっど」

カイルとエメルが隣でくすくす笑っている。それを驚愕《きょうがく》の表情で見ている生徒たちがいた。なんだ？　カイルを見て驚いている気がする。

それからいくつかの講義が終わり、兄たち三人と私とアナンは食堂へ向かう。私はグラタンと薪のオーブンで焼いた鶏肉の一皿プレートを頼んでもらい、五人で席に着く。

「ルカ、そのグラタンまだ熱そうだから気を付けるんだよ」

「うん」

カイルの言葉に頷《うなず》き、ふうふうしながら食べ、今日のデザートはアップルパイと書いてあったのを考える。食べたいけれど、食後にはそんなに入らない気がする。けれど食べたい。

「ねー、エメル」

「うん？」

「今日のアップルパイ……」

「俺と半分にして食べようか」

エメルに言おうとしていたことを、カイルが言った。

「いいの？」

「いいよ。待ってて」

カイルがデザートを頼みに行った。

「あーあ。自分で行っちゃったよ。俺が行くのに」

ソロソが呆れ気味に言って席を立った。

「ソロソもアップルパイかな」

「たぶん紅茶を取りに行ったのですよ」

カイルがアップルパイを手に戻ってきた時、ちょうどソロソも紅茶を人数分取ってきた。エメルの言うとおりだった。

「ありがとう、カイルお兄さま」

「どういたしまして。……はい、ルカ」

カイルが一口分のアップルパイをフォークで口元へ持ってくるので、口を開けた。

「どう？」

「美味しい！　ほんのりシナモンが香ってる」

ざわざわざわと周りが騒々しいなと思っていると、生徒たちが驚愕《きょうがく》や顔を赤らめたりという表情でこちらを見ていた。なんだ？　アップルパイが食べたいなら自分で頼めばいいのに。これが最後の一つだったりしないよね。

「もう一口？」

「あ、うん」

口を開けると、またざわつく。本当になんなんだ、不気味なんですけれど。エメルを見ると、笑い返された。うん、やはり何かわからん。カイルを見ると、カイルもアップルパイを食べているところだった。

「美味しいでしょ？　パイ生地がサクサクなの」

「そうだね」

カイルが笑って優雅に紅茶を飲む姿は、ここがテイラー学園だということを忘れそうなくらい絵になる。ふと前を見ると、顔を赤くした女生徒がまだ大勢こちらを見ていた。

（なんだ、アップルパイじゃなくて、カイルお兄さまを見て騒いでいたんだ）

いつも無表情が普通のカイルだから、笑うカイルが珍しいのかもしれない。そういえば、カイルはモテるとエメルが言っていたことを思い出す。

あとで、カイルとエメルのことを好きそうな女生徒を数える遊びをしようと思うのだった。もし可能であれば、逆に兄たちが好きな女性とかもチェックできるとなお良い。兄の恋の話なんて楽しすぎる。楽しい遊びを見つけて上機嫌である。

それから食堂を出て教室に向かっていたところ、見知った顔に遭遇した。

「何でいるの⁉」

「ルーカス」

「いや、おかしいだろ、ミ……わぁ！　今何しようとした！」

「何言おうとした？」

「あっ！」

一撃必殺技の一つ、喉を潰す攻撃をルーカスに食らわせようとして、気づいたルーカスは間一髪で避けた。そもそも当てるつもりではないので、避けなくても当たらなかったが。以前から一撃必殺技を私が練習しているのを知っているルーカスは、何度か練習に付き合って食らっているので、その痛さを知っているのだ。

ルーカスは口を押さえた。「ミリィ」と呼ぼうとしたことに気づいたのだ。

「わ、悪い。ルカ。……でもさっきのはないだろう」

「当てないよ。最近精度ばっちりだから」

「信用ならないんだけど。……あ」

ルーカスはカイルとエメルとソロソに気づき、そして後ろを振り返って、友人なのか、彼らに言った。

「先に行っていてくれ。ルカはちょっとこっち」

ルーカスに手を引っ張られ、エメルたちから離れる。

「何でいるの？」

「見学をしに」

「お前女じゃん」

「だから男装しているでしょ」

「えー……、いいの？　それ」

「ディアルドがいる時から、よく見学に来てるんだ」

「そうなの？」

ルーカスは少し驚き、またエメルたちを見てビクっとした。

「は！　まずい！　お前さ、ここにいる間、俺に近づくなよ」

「なんで？」

「何でって、俺が睨《にら》まれる。……はっ！」

私の手を握っていることに気づいたのか、ルーカスは勢いよくそれを離した。そして私の背中を押してエメルたちの側まで連れていく。

「じゃ、じゃあ、俺は失礼します！」

ルーカスは走って去っていく。忙しないな。

それから一つ講義に出席し、生徒会室へやってきた。三人とも生徒会のメンバーらしい。カイルは今年から生徒会長もやっているらしく、皇太子としての仕事もあるのに、すごいなと思ってしまう。

「今はダンスの時間でしょ？　行かなくていいの？」

「ダンスは成績に関係ないですからね。ダンスは踊れますし、私たちに利点はないですし」

「利点？」

メリットがないということか。ただのレッスンではないのか。

「ルカ、ダンスの時間はね、カイル様やエメルや俺！　の争奪戦が始まるからね。面倒なんだよ」

ソロソは俺！　と言う時だけ得意そうに言いながら説明する。

「なるほどね。モテる男はつらいねぇ」

「そうだねぇ」

お茶を準備するソロソの横で、アナンが手伝っていた。

「今日ね、確認できた範囲で数えたの」

「何を？」

「みんなのことを好きそうな女の人！」

「「え」」

三人の声が揃った。

「カイルお兄さまが十二人でしょ、エメルが四人でしょ、ソロソが二人。同じ学年だけでもこれだけいるのだもの。みんな夜会ではたくさんの女の人に囲まれるんじゃない？」

「ミ、ミリィ、俺は好きな女性はいないからね」

「ミリィじゃなくてルカでしょ、カイルお兄さま。今は好きな人がいなくても別にいいの。けれどこの先、選び放題よ！　カイルお兄さまのことが好きそうな人の中で、ミリィは蜂蜜《はちみつ》色の髪の女の人が好きな感じだったなぁ。美人で優しそうなんだけれど、芯が通っていて誠実そうだったし。エメルを好きそうな四人の中には、ミリィが好きな感じの人はいなかったから置いておいて……」

「ル、ルカ。それくらいにしておこうか。カイル様がショックを受けているから」

ソロソが言ったので、カイルを振り返る。

「え？　どのあたりがショック？　蜂蜜《はちみつ》色の髪の女の人は、カイルお兄さまの好みじゃなかった？　別にその人にしてって言ったんじゃないの。まだまだ人生長いもの、ゆっくり決めましょ」

「……そうだね」

気落ち気味に言うカイルに首を傾げる。そんなにショックなことを言ったのだろうか。あくまでも私の好みの女性だったっていうだけで、押し付ける気はないのだが。

その後お茶とお菓子を食べるために席に着こうとしたら、カイルが私を膝に乗せると言い張るので、なぜかカイルの膝に座ってのお茶会となった。頭にカイルが顔を乗せてくるので、すごく食べづらい。

それからもう一つ講義を受け、家へ帰るのだった。

◆　◆　◆

「それでね、今シオンは西の方にいるって言ってた。元気そうだったよ」

エメルはミリィを膝に乗せ、彼女の綺麗な長い髪を編みながら話を聞いていた。今日シオンと連絡を取ったと言うミリィは、嬉しそうにしている。緩く編んだ髪を結び終わった頃、バスルームへと続く扉が開いた。バスローブを羽織ったカイルが出てきて、コップに水を入れて飲んでいる。

今日はカイルもここに泊まるのだ。ミリィが帝都にいるときは、こうやってカイルがお忍びで時々やってくる。

今日は両親や他の兄たちが夜会で不在だ。夜会自体は去年からカイルに付き合ってエメルも出席することがあるが、今日の夜会は参加しなくてもいいだろう、という判断である。皇太子とはいえ、全ての夜会やパーティーに出るほど暇ではない。

カイルがソファーに座ると、ミリィが席を立った。

「カイルお兄さま、濡れた髪がそのままじゃ風邪をひくわ」

ぽたぽたと髪から滴る雫を吸い取るように、ミリィがタオルで拭《ふ》いてあげている。

「使用人を呼びましょうか？」

「ううん。ミリィがそのまま拭《ふ》いてくれると嬉しいんだけど」

「いいわよ」

一生懸命拭《ふ》いているミリィが可愛い。カイルはカイルで幸せそうだ。

昔、ミリィがカイルを兄にしたと言い出した時、正直エメルは嫌だと思った。ただでさえ兄たちが全員ミリィを可愛がるので、ミリィは常にとり合いだ。

エメルがミリィといられる時間は少なく、カイルがいるとさらに少なくなる。それから数年はミリィが取られた気持ちになることがあったし、ミリィと仲が良いカイルに嫉妬したこともある。

感情が表に出にくいカイルは、普段から無表情で時々不機嫌だ。ほとんど笑うこともないので、周りから冷静沈着で怖いイメージを持たれている。まあ間違ってはいない。ある特定の人物以外には、冷酷な対応をすることもよくある。

ただその特定の人物、つまりミリィといると表情が明るくなる。エメルも人のことは言えないが、カイルはミリィには甘々だ。そういった姿を間近で見て過ごし、いつからかカイルがミリィと仲良くしても、嫉妬することはなくなった。

テイラー学園だけでなく、夜会などでもカイルの周りには女性が集まる。皇太子という身分と、その見目の良さから、花の蜜《みつ》を吸わんとする蝶《ちょう》がわらわらと、それは鬱陶《うっとう》しいくらいに。

エメルが鬱陶《うっとう》しいと思うくらいだから、その中心たるカイルの煩《わずら》わしさはいかほどのものか。

彼とダンスを踊りたいと集まる女性を捌《さば》くのは、いつもエメルとソロソだ。カイル自身が自ら女性を誘うことはほぼ無い。あるとすれば、彼の父方の従兄妹にあたる令嬢くらいだろうか。その令嬢はカイルに興味がないので、気楽なようだ。

女性に対し堅い対応ばかりのカイルは、普段笑顔を見せることがない。そのため、テイラー学園の女生徒たちはミリィと笑う彼を見て、それはそれは驚いていた。その笑顔が眩しいのか、顔を赤らめていたものもいたくらいだ。たぶんカイル本人は、笑ったことさえ気づいていないだろう。それだけミリィといると自然に笑っているのだ。

髪が乾いたため、三人でベッドへ入る。正直、なんで男とベッドに入らなければならないんだという思いが過ることもあるが、もう慣れた。いつもミリィを挟んで三人で横になるのだ。

ベッドに入ったとたんウトウトしだしたミリィの頬に、カイルとエメルはキスをする。ミリィはあっという間に寝息を立て始めた。

「相変わらず、寝つきがいいな」

頭の下に手を置き、愛しそうにミリィを眺《なが》めるカイルは、ミリィの指をすくってキスをしていた。

「いつも三呼吸で寝てしまいますからね」

ふっと笑い、カイルは少しだけ真面目な表情をした。

「あの護衛、アナン・ル・リカー。問題はないのだろうな」

「どうせ調べているのでしょう。父と子は別物ですよ」

ミリィが以前誘拐《ゆうかい》された件は、カイルには言っていない。にもかかわらず、子供ばかりを誘拐《ゆうかい》していた事件にミリィが巻き込まれたことは、すぐに知られてしまった。アナンの父だったリカー子爵は、誘拐《ゆうかい》に関わっていた件で捕まった。その子であるアナンは大丈夫なのか、心配なのだろう。

「わざわざあれを護衛にする必要があるのか」

「ミリィが拾ってきたんですから、仕方ないでしょう。ただアナンは大丈夫ですよ。ちゃんと護衛の役目を果たせます。父上や兄上たちも、普段を見ていて問題ないと言っていますから」

護衛の訓練だけでなく、影のネロからも色々訓練されていると聞いている。それにネロは、あの子優秀だよ、と言っていた。

アナンとカナンの兄妹は、本人たち自らミリィの護衛と侍女をしたいと言っていて、やる気もあって、日々精進《しょうじん》していると聞く。

出会いから三年以上経ち、ミリィもアナンとカナンと仲が良く気を許している。ミリィと同じ年齢なこともあり、これからもミリィの傍《そば》にいてもらうなら、将来的にテイラー学園にも一緒に行って、ミリィを傍《そば》で守ってほしい、というのは、父上やエメルを含む兄たち全員の総意だった。

テイラー学園は我が国の王侯貴族が通う由緒正しい学校である。特例で優秀な平民が通うことはあっても、将来国の中枢《ちゅうすう》を担う子供たちが通うのだ。また国外からも王族や貴族が留学にやってくるため、警備はとにかく厳しい。だからわざわざ個別で護衛を雇う必要はない。ただ、様々な人が集まるからこそ、ミリィが心配だった。

ミリィはすでに二度誘拐《ゆうかい》されたことがある。ミリィは軽いから、軽々と男に抱えられてしまいそうで心配だし、素直なミリィは人の言うことを信じやすいので、騙《だま》されたりしないかと心配なのだ。

「……分かった。まあ、俺もミリィの傍《そば》に護衛が付いているほうが、安心ではある」

アナンとカナンについては、独自に調べて安心材料を得ているのか、それ以上追及はされなかった。

「最近、ミリィに何か秘密などはないか？」

カイルは、定期的にこう聞いてくる。一度目の誘拐《ゆうかい》でザクラシア王国へミリィを迎えに行ったことについて、父上や兄たちの同意の上で、エメルはカイルに報告した。

こんなことを聞いてくるのは、理由がある。昔、ミリィが悪夢を見ていた頃、悪夢にうなされ泣くミリィにカイルもまた心を痛めていたのだ。他の兄たち同様添い寝することがあったカイルは何度もミリィがうなされる場面に遭遇し、その度にミリィが一人で寝られないのは、何か理由があるはずとエメルは問い詰められていた。

あの時は、エメルもまだ未熟で、最後まで嘘を突き通すことができず、結果的にミリィの前世の話や、ウィタノスの件を全て話すこととなった。

ウィタノスのことは、エメルが話さなければカイルが調査しても知り得なかったことのため、後日、エメルが父上や兄たちに怒られたのも昔の話だ。

あれから、カイルはミリィに関して敏感になっている。

それでも、カイルは皇太子であり、ダルディエ公爵家の人間ではない。他家のカイルに言えることは限られるし、ミリィの問題はダルディエ家の問題だ。

それに、カイルの側近としての立場もあるエメルは、皇太子である彼を危険な目に合わせるわけにはいかない。

エメルも成長し、今なら嘘くらい突き通せる。

「ありませんよ」

「……何かあるのか？」

「ありません」

「あるんだな!?　話せ！」

ないと言っているのに、まったく信じない。さすがに一緒に過ごした時間が長すぎるのか、エメルの少しの機微さえ気づいてしまう。それでもエメルは口を閉ざす。

無邪気に寝息をたてるミリィにくっつき、エメルは目を瞑《つむ》る。

「ありませんよ。……そろそろ寝ましょう。明日も早いのですから」

「……」

閉じた瞼《まぶた》の向こうで、カイルが無言で睨《にら》んでいる気がするが、エメルは無視をした。

ミリィについて、まだカイルに話していない秘密がある。

それは、ミリィが動物遣いという天恵持ちだということ。これはカイルが探ったとしても、気づくことはないだろう。

動物遣いの件は、まだ言わないほうがいい。この力を狙う人がいないとも限らない。

特に西側のアカリエル公爵家の人たちに気づかれると良くない。アカリエル公爵がもしミリィが動物遣いであることを知れば、子息のノアやレオの婚約者にするなりして、ミリィを手に入れようとする可能性を捨てきれない。アカリエル公爵家とは普段から仲はいいものの、隠しておきたいこともある。

カイルからのじりじりした視線に、エメルは無言を突き通すのだった。

◆　◆　◆

社交シーズンが明け、帝都からダルディエ領へ戻ってきた。シオンも数日前に帰ってきたらしく、久しぶりに会えて嬉しくなった。

私は十四歳になった。

勉強、体力づくり、ダンスのレッスンなど充実した日々を過ごす。

そうこうしているうちに夏休みとなり、エメルとカイルが帰ってきた。夏休みにも双子は帰ってこないと聞いてショックを受けていると、夏ではなく秋に、他の騎士と交代で長期休みをとって帰ってくると知って、機嫌は戻った。

あっという間に夏休みは終わり、約一ヶ月後、双子が帰ってきた。

双子はダンスがかなり上手だ。私のダンスレッスンに付き合ってくれて、失敗しそうになっても上手く軌道修正してくれる。

また、いつか役に立つからと、一緒に踊る相手の足を踏む練習もさせられた。踏まない練習ではない。踏む練習である。本当にこれが役に立つのだろうかと疑問ではあるが、もう二度とこの相手とは踊りたくない、と思わせることに成功するからと笑って双子は言った。

そういう風に思わせたい相手とはどんな相手なのか。今の私にはよく分からないが、とりあえず練習した。

それから双子には今後練習するように、と言われたことがもう一つある。

それは感情を表に出さないことだ。以前、トランプでババ抜きした時もだったが、私の感情は顔に出やすいという。普段ならそれでいいが、今後社交界に出た後は感情を隠すことも必要だという。

そういった時に対応できるよう、『無表情』の練習をすることになった。

ただ、ずっと無表情でいることは今の私には難しいので、一日三十分くらいを目安に、使用人に対してだったり、兄たちに対してだったり、普通の会話中に無表情を練習するのである。これがなかなか難しい。兄たちと話すと笑ってしまうことが多いし、カナンや他の侍女と話をしていても笑ってしまうのだ。

「ミリィ笑ってみて」

バルトの膝に面と向かって座り、にこっと笑う。

「うん、最高の笑顔だね。じゃあ怒ってみて」

少しだけ右の頬を膨らました。

「あはは、可愛い！　じゃあ拗ねてみて」

少しだけ左の頬を膨らました。

「あは！　一緒じゃん。ただ可愛いだけだよ。じゃあ俺に抱きついて」

バルトに抱きついた。

「もう何これ。うちの妹最高すぎる！」

「バルトー、次、俺に交代ね」

「ねえ、無表情の練習じゃなかったの？」

アルトが私をバルトから引っぺがして、自分の膝に乗せた。

「だってミリィすぐ笑うんだもん」

「無表情って難しいよー。アルト無表情やってみてよ」

その瞬間、無になるアルトに、つい笑ってしまう。

「うふふ、アルト、すごい無だったよー」

「あはは！　もうミリィが笑うとつられるから」

まったく練習にならない。ただのじゃれあいだ。

結局、このあたりはおいおい練習することとなった。まだ社交界デビューまでは時間がある。

それから数日後、私は騎士団へ馬に乗る練習に訪れていた。最近はついに馬に一人でも乗れるようになったのだ。やけに私を気にする馬にも、歩くことに集中してもらえるようになった。まだ走ったりはできないが、それでも十分な進歩だ。

私が孵《かえ》した一角は、もう大人と同じ大きさになった。元からいた一角よりも元気いっぱいである。

私が行っても興奮することはなくなったけれど、すぐに近づいてくるところは変わらない。

今日は元からいた一角の二頭に双子が乗っていた。手には鉄の棒を持っている。私は三尾の隣に立ち、三尾を撫でながら、双子が何をするのだろうと見ていると、一角に乗ったまま二人は戦いだした。

「わあ！　すごい！」

騎士たちが普通の馬に乗って模擬戦をするのは見たことがある。あの時もすごい迫力だと思っていたけれど、一角に乗ると、迫力がさらに上がるのである。

「一角は乗った相手の気持ちを読み取るからな。行きたい方向に走ってくれるし、今は一人ずつ乗って戦っているけれど、二人ずつ乗って戦えるんだよ」

いつのまにかシオンが隣にいた。

「二人も乗れるの？　戦う時に？」

「そう。だから戦争で重宝するんだ」

「戦争で……」

「馬は一人で乗るだろう。二人乗せることはできるけれど、二人乗せて戦うのは向いていない。騎兵に歩兵が束になって戦えば、騎兵が負けることもある。まあ色々状況によって戦い方はあるけれど、一角が二人乗せて戦えるから戦力は上がる。だからアカリエル公爵家が欲しがるんだ」

「……西側は戦争になりそうなの？」

「んー……まだ大丈夫だろう。ただいつまで持つかな。小競り合いは多いからな」

「シオンがこの前、西にいるって言っていたのは、アカリエル領のこと？」

「うーん、まあ」

「ちょっと戦ってきたのね？」

シオンは一瞬しまったという顔をしたが、すぐに私の頭を撫でた。

「ミリィが気にすることじゃないよ」

そう言うとシオンは去っていった。

あのシオンの感じだと、その小競り合いに参加したのかもしれない。シオンを心配しても、また戦わないでと言ったとしても、シオンはやりたいことをやる人だ。止められるものではない。だから、シオンがどうか怪我をしないようにと願うしかないのだ。

双子はまだ戦っていた。さすが双子で息ぴったりである。そういえば、アカリエル公爵家と我がダルディエ公爵家には一角はいるが、双子のいる近衛騎士団にはいないのだろうか。ラウ公爵家などには？　今度聞いてみたいところだ。

私が一角を孵化《ふか》させてから、現在の北部騎士団にいる一角は全部で六頭。あれから先祖返りの卵を見つけることもない。シオンも言っていたが、一角は戦争で重宝する。多ければ多いほうがいいのだろう。アカリエル公爵家にいるらしい動物遣いのように、私もブリーダーのような繁殖の手助けができるなら、一角を増やせるのかもしれない。

けれど天恵の訓練はしないとの約束なので、その練習はできない。では一角を増やすなら先祖返りの化石を見つけるしかないが、そうそう簡単に見つかるものでもない。

（あれ？）

そういえば、昔どこかで卵のような岩を見つけたことがあった気がした。

（どこだっけ？）

思い出せそうで思い出せない。すごく小さいころだった気がするが、小さいころはほとんど出かけずに屋敷にいたはずで。

「あ！」

思い出した。確か、ダルディエの敷地内にある本邸とは別の、いくつかある屋敷の一つ。その中庭に、卵型の岩があったような気がする。まさか、あれは先祖返りの卵だろうか。いやしかし、今まで化石を発見した時のように、声が聞こえる感じはなかった。やはり違うかもしれない。

一応行ってみようか？　見るだけ見てみる？

とりあえず、見てみるだけ。そんな軽い気持ちで、騎士団から屋敷へ戻っていった。ダルディエ家の敷地内へ入ると本邸には帰らず、庭へ向かう。庭を横切っていると、途中で庭師のおじいちゃんとラナに会った。

「お帰りなさいませ、お嬢様」

「ただいま。まだまだ暑いから、水分取ってね、おじいちゃん、ラナ」

手を振って彼らと別れ、目的の邸宅へやってくる。確か、ご先祖様のどなたかが、その母のために建てた邸宅だ。おじいちゃんたちが管理しているため、庭も綺麗に整理されている。

「特にミリィを呼ぶような声はないよね？」

卵の化石から呼ばれるような、あの感覚はない。やっぱり違うかも、そう思いながら邸宅の中へ入る。

ここの邸宅はカタカナの『ロ』のような形をしていて、記憶と同じように中庭があった。そこに大人の人間より大きい巨石がゴロゴロとある。何の形ともいえないデコボコした巨石が周りにあり、それとは毛色の違う、楕円というか卵型の形のような巨石が中庭の中央付近に見える。

それが八個、サークル状に並んでいた。

小さい頃に来たのは、ここまでだった。中庭を廊下から見ただけ。中庭に面した廊下を一周する。中庭に面した窓がガラス張りになっているが、開閉できない固定窓で出入口がない。中庭に入れない作りになっていた。

「うーん。入れなさそうだなぁ」

ここまで来てこれとは。やはり今度兄たちかネロを連れて一緒に来ようか。そう考えながら、中庭の窓を見ていた。

「あれ、あそこ」

中庭を通して二階の窓が見える。そのそばに、ちょうど中庭の巨石のてっぺんがあった。もし二階の窓が開くなら、飛び乗れるかもしれない。

二階への階段を上り、巨石の側へ行く。窓は開くだろうか、と確認すると、窓を壁に固定させるフック式の鍵が付いていた。試しにフックを動かしてみると、窓が動いた。

「開いた！」

開けた窓から巨石へ足を伸ばしてみると、うまく届いたので、そのまま巨石に乗った。そこから、しゃがんで後ろ向きに足を下へ降ろしつつ、そっと巨石を降りていく。そして、巨石のてっぺんを手と腕で支えながら、足は巨石の下の方のボコっとした引っかけやすそうなところに乗せた。足先が地面に近くなったところで最後は巨石から飛び降りた。

「わあ！　できた！　百点満点！」

一人で拍手をする。ちょっと冒険みたいで楽しい。

それから中庭の中央へ移動する。やはり卵型のようなゴツゴツとした巨石である。それも八個も。

見れば見るほど、卵の化石のように思える。

卵型の巨石の周りをぐるりと回ってみる。かなり大きい。一角の卵の時より大きい。もしかしたら、一角ではないかもしれない。

「……やっぱり一回帰ろう」

一角じゃなかったら困る。間違って触ったりして孵化《ふか》させないようにしなければ。

回れ右をして降りてきた巨石へ向かう。

「……これを登れと？」

降りるときには気づかなかったが、地面にぶっ刺さった巨石は逆三角のような形で登れそうにない。少し焦った気持ちで他の巨石はどうだろうと、窓に近い巨石を見回っていると、カサカサカサと音がする。なんだ？　音のする方へそろっと足を向ける。

中央の卵型の巨石の上、表面上にあるぼこぼことした石屑がぽろぽろと落ちていた。見たことがある。これは卵が孵化《ふか》する前の動き。

「うそでしょ？　触っていないのに」

ぽろぽろと石が落ちた中から現れたのは、卵の殻。それにヒビが入っていく。

そして、パリッと割れた殻の隙間から見えたものは。

「きょ、恐竜？」

後ずさりしたのは言うまでもない。すると背中が巨石にあたる。

「あいた！　……て、え？　うそ」

背中に当たった巨石は卵型のもの。そしてそれの上からぽろぽろと石屑が落ちていく。左右を見渡すと、卵型の巨石がすべてぽろぽろしだしていた。

「やだ！　どうしよう」

最初に孵化《ふか》した恐竜のようなものの目が、私にロックオンされている。

（シ、シオンー！　シオン！　シオンー！）

（……どうした！）

（助けて！　わぁ！　こっちに来る！）

生まれた一匹目から逃げる。

（どこにいるんだ！）

（にゃ！　ダメダメダメ！　ミリィ美味しくないからぁ！）

（どこにいるんだ！　ミリィ！）

（邸宅に！　わぁ！　また生まれ）

頭の中にシオンの声がするが、もうそれどころではない。次々と生まれた恐竜が私を取り囲んでいる。

「食べちゃだめ！　ミリィは美味しくないから！　食べちゃだめ！　食べちゃだめー！」

両手で顔を覆《おお》い、しゃがんで縮こまる。呪文のように美味しくないとずっと唱える。

しかし痛みはやってこない。

きゅるきゅると鳴き声がしている。そろっと指の隙間から見ると、八匹の恐竜が私を見ているだけだった。目が合うが、じーっと見るだけである。

そろっと手を伸ばす。指の先が恐竜に触れるが、とくに食べられそうな気配はない。

いつの間にか地面に転んだ形になっていたが、ゆっくりと立った。恐竜たちはどれも大きく見えたが、実際のところ背丈は今の私より小さい。もう少し大胆に触ってみても、みんな嬉しそうにするだけで、されるがままだ。

（ミリィー！）

はっとした。急にシオンの声の大音量が聞こえた。

（シ、シオン！　ごめん、大丈夫！　ミリィ、生きてた！）

（ミリィ！　よかっ、お前いまどこにいるんだ！）

（どこって、邸宅。庭の湖の先にある四角の建物。中庭のある）

（あそこか！　すぐに行くから待ってろ！）

お、怒っている。それはそうだ、変な通信をしてしまったのだから。

それにしても。

どうしよう、これ。恐竜なんだろうか。なぜか今、その一頭が口を大きく開けて、舌で私の手を

舐めている。これは食べられているわけではないはず。そうだよね？　そして私の体の匂いでも嗅いでいるのか、体中にこの子たちの顔が。

四本足だけれども、後ろ足が長くて、前足が短い。後ろ足だけで歩いているようである。顔は何に似ているかと例えるならトカゲだろうか。そして爪が鋭い。歯は円錐のようなギザギザではなく、円柱のようにまっすぐに近い。

どのくらいそこに突っ立っていただろうか。恐竜が一斉に同じ方向を向いた。なんだろうと釣られて見ると、ガラスの向こうの廊下にダルディエ領にはいないエメルとカイルを除く兄たちとパパが全員いた。

「パパ！」

ほっとして、兄たちがいる窓の前まで走る。後ろには恐竜がついてきている。

「ごめんなさい。孵化《ふか》しちゃった」

みんな唖然としている。

「そ……え!?」

「卵かもしれないと思い出して。見に来ただけのつもりだったの」

恐竜が左右に立ち、私の腕と体の隙間から顔を出した。きゅるきゅると鳴いている。

「触っていないのに孵《かえ》っちゃって。どうしよう？」

「どうしようったって」

パパは頭を押さえているし、兄たちは天を仰ぐしかない顔をしていた。

「とにかく、ミリィは危なくないんだね？　懐いているように見えるし」

「うん、大丈夫みたい。きゅるきゅる鳴いているのだけれど、お腹が空いているのかな？　この子たち何食べるんだろう？」

「ミリィはのんきだなぁ」

ジュードが脱力気味に言った。

カサっと音がして後ろを向くと、シオンが二階の窓から着地するところだった。

「あ、シオン！」

シオンに向かって走る。ついてくる恐竜たちに、念のため「シオンを食べちゃダメだよ」と言っておく。すぐにシオンが私を抱きしめた。

「もー、バカだろ、ミリィ」

「ごめんなさい」

「俺がどれだけ心配したか分かるか？」

「うん。ごめんなさい」

最後にぎゅーっと力をこめられ、それから体を離された。

「心臓が止まるかと思った。帰ったらお仕置きだからな」

「え」

「無茶した罰だ」

ぐうの音もでません。

それから、この恐竜が何を食べるのか分からないため、邸宅から色々食事を持ってきてもらった。一番ありえそうな肉は食べず、魚も食べない。とりあえず水は飲んだ。それから木の葉や枝、木の実は食べるようだった。どうやら草食のようなのでほっとした。

この恐竜は私が恐竜と呼んだため、名前は恐竜となった。相変わらず私のネーミングセンスがない。ただ兄たちは私の知る恐竜がそもそも何なのか分からないようなので、まあいいかと思っている。

恐竜の卵の化石がここにあるのは、パパも兄たちも知らなかった。この邸宅の中庭に巨石があること自体は知っていたが、ただそれだけの認識だったようである。また、中庭に入れる入口はやはり一階にはなく、私が使った二階の窓から出入りするしかなかった。

それから問題点が一つ。恐竜の私の後追いである。本邸へ帰ろうと、シオンに抱き上げてもらい二階の窓から帰ろうとしたところ、恐竜もついてきてしまうのである。巨石を使って二階へ上がり、窓から無理やり入ってこようとするので、とりあえず私とシオンは中庭に残ることになった。仕方ないので、今日は中庭で一晩過ごす。

中庭には屋根がないので、布とロープで簡易的に屋根を作り、地面に布を敷《し》く。クッションを布の上にたくさん敷き詰め、簡易ベッドとした。食事は影のネロが運んできてくれた。ネロも卵だとは知らなかったらしく、長生きすると面白いことがあるね、と笑っていた。今日はネロも一緒にいてくれるらしい。ネロが寝ずの番をしてくれている中、私はシオンと眠るのだった。

そして次の日の朝。

ネロの助言で、三尾が連れてこられた。「三尾は子供好きだからぁ」とネロは言うが、それとこれとどんな関係が？　と思ったことは黙っておく。なぜかと言えば、まさかの三尾のお陰で、恐竜の私の後追いがなくなったからだ。

最初は三尾を遠巻きにしていた恐竜だが、三尾がぐいぐい距離を縮め、その日の内に仲良くじゃれだしたのだ。種族を超える愛だろうか。よく分からないが、三尾のお陰で助かったのは間違いない。しばらくはこの中庭で、三尾に恐竜の育児を任せる形になる。私もしばらくは毎日様子を見に行った。

そして恐竜の誕生から一ヶ月後、恐竜の住居を騎士団へ移した。中庭でずっと育てても、いつかは成長して手狭になるのは間違いないからだ。草食のため人間を襲ったりはしないし、シオンが第二の一角のように、背中に乗ったりできるかもとわくわくしていた。私が孵化《ふか》させてしまった以上、私にできることはしようと毎日騎士団へ通っている。

ちなみに、シオンからのお仕置きだが、五日間、嫌いなミニトマトを一日十個食べるというものに決定した。私はあのじゅくじゅくが嫌いで、半泣きで食べることとなった。

ミニトマトを食べるのを見張っているシオンの口元に、十個中三個くらいの割合で持っていくと、仕方なさそうに代わりに食べてくれたけれど。

それからも充実した日々が続き、あっという間に冬が通り過ぎて春となった。

社交シーズンのために帝都へ向かう。今年もシオンだけは帝都に行かないと言って、ダルディエ領に残って恐竜と遊んでいる。恐竜が生まれて一番楽しんでいるのはシオンで間違いない。

第四章　末っ子妹は兄たちを翻弄《ほんろう》させる

「ディアルドとデートしたいの」

このように妹に可愛らしくお願いされて、断れる兄などいるのだろうか。

社交シーズンのため、ディアルドが帝都へやってきて数日。帝都でしかできないことも多いので、こちらに到着してからというものスケジュールは過密だった。執務室では、ディアルドの部下がこ数日の予定を読み上げている。

しまった、ミリィとデートが出来るような、空いている日がない。

「ディアルドと少し街中を歩けるだけでもいいの。お仕事の間はどこかのお店を見回って、ディアルドを待っているから。ミリィとの時間も作って？」

もちろん作る。必ず。

移動できる予定は移動して三日後、やっとミリィとのデートに出かけられた。とは言っても、動かせない予定もあるので、その間はどこかのお店でミリィを待たせてしまうことにはなる。「それでもいいの。ディアルドと一緒にいたいだけ」と言うミリィが健気で可愛い。

最近めっきり大人のような姿に成長しだしたミリィは、薄い黄色と黄緑の春らしくて可愛いドレスを着て、金髪のカツラを装着していた。帝都での外出時は目立つ神髪を隠しカツラをよく着用しているが、ディアルドの髪色とお揃いだと嬉しそうに言うところが愛らしい。

昔はよく手を繋いで歩いていたが、最近こうやってデートに出かける時、ミリィはディアルドの腕に手を絡ませる。そういうところも大人になってきていると思う。

しばらく一緒に店を回っていたが、仕事のためにディアルドは一時ミリィから離れることになった。ミリィが退屈しないようにドレスを作る婦人服の店で待つようにお願いする。

仕事を終わらせて戻ってくると、現在帝都で流行っているという大きめの帽子を一つねだられた。それだけでいいのかと首を傾げ、他にもドレスを買ってあげようとしたが、家にたくさんあるからと断られた。では帽子をたくさん買ってあげようとすると、そんなにいらないという。ミリィは昔から無欲だと思う。

それから昼食をとるために、貴族御用達のレストランを訪れた。個室ではないが静かで上品な店で、食事が美味しいので気にいっている。

注文しようとしたところ、ミリィに一度止められた。まだメニューを見る時間が欲しかったのかと思ったが、ミリィは店を見渡すと、自分で給仕を呼んだ。なんだ、自分でメニューを伝える練習をしたかったのかと、納得する。そういうところはまだ子供っぽいが可愛い。

それからゆっくり昼食を楽しみ、ミリィには悪いが、もう一つの仕事へ向かった。そちらはミリィを連れていける店だったため連れて行った。ミリィは表のお店でお茶を飲みながら人が行きかうのを見て楽しむと言うので、ディアルドは店の奥の個室で話し合いに向かった。

話し合いから戻ってくると、ミリィは見知らぬ男二人に話しかけられていた。どこかの貴族の子息のようだったが、困った顔をしていたのですぐに助けてその場を離れた。

聞けば「暇なら一緒にお茶でも」と誘われていたという。ああいう若い奴の中には、軽い奴もいるのだ。そういった輩から、ミリィを守らなければならない。

その日の仕事はもう終わったので、待たせたお詫《わ》びに宝石でも買ってあげようかと店に向かった。

店の奥の半分個室となっているところに案内され、ゆっくりと宝石を見た。

大きい石の付いたネックレスはどうかと提案したが、首や肩が重くなるからいらないという。宝石を見るのは好きだが、着《つ》けることにあまり興味がないのは昔からだ。けれど、宝石ならばいくら持っていてもこの先困る事はない。

いくつかミリィに似合いそうなものを選んでいると、入り口の向こうから令嬢が三人、勝手に個室に入ってきた。

どこかのパーティーか夜会で会ったらしい令嬢たちは、こちらがデート中なのはお構いなしにペラペラと話を始めた。

「そちら、妹さんかしら？」

「……そうです」

「まあ可愛い。いいわね、優しいお兄様にたくさんネックレスを買ってもらえて」

そうミリィに話しかけながらも、彼女たちが値踏みしているのはディアルドである。ディアルドと婚約すれば、こういったものをおねだりできるのだと、頭で計算しているのだろう。

「みなさんはどなたかとご一緒ではないのですか？」

ミリィの返事に、令嬢たちはさっと顔色を変えた。

「わ、わたくしにだって、買ってくださる男性くらいいます！　今日はたまたま女友達と見に来ただけで！」

そう口々に話し出す。貴族の令嬢といえば、一般的に宝石店には男の親兄弟を連れてくるか、婚約者を連れてくるかするものだ。ただ、自分に好意を持つ男性に連れられて訪れることもあるが。

「あら、いらっしゃるのですね。良かったわ。ディアルドはまだ婚約者がいないので、もしかしたらみなさまのうちのどなたかが婚約者候補に名乗りを上げられるのかも、と思ったのです。それならば、お話しをする時間を差し上げた方が良いのかと思ったのですが、違うようですね」

「え⁉　な、名乗りを上げて良いなら……」

「いけませんわ。宝石を買ってくださるお相手がいらっしゃるのでしょう？　その方の関係を維持したまま、ディアルドと婚約したいだなんて」

「そ、それは……」

宝石を買ってくれる男性というのが、本当にいるのか、ただの見栄なのかはさておき、一度言ってしまった言葉は取り消せない。女性陣はそれ以上言葉を発せないようだった。

「では、もう用事はないようですから席を外してくださる？　見てお分かりのように、兄とデート中ですの。どこのご令嬢か存じませんが、勝手に個室に乱入してくるなんて、品位を疑いたくなるようなことはお控えいただいた方がよいと思いますわ」

ミリィをとっかかりにディアルドと話をしたかったのだろう三人の令嬢は、顔を赤くして去っていった。

ディアルドの腕に絡みつくように、ミリィが抱きついた。

「ふんだ！　ミリィとディアルドのデートを邪魔するなんて！　もう一生顔を見たくないわ！」

ミリィがぷんぷんしていて可愛い。

ミリィを引き寄せて、頬にキスをする。

「邪魔されてしまって、悪かったね。宝石を好きなだけ買ってあげるから、機嫌を直してほしいな」

「……ディアルドに怒ったのではないのよ。でも、これからたくさん構ってくれたら許してあげる」

好きなだけ買ってあげると言ったのに、結局、ミリィが選んだのは小さい宝石が付いている細いブレスレット数点だけだった。ミリィは無欲だ。

その日は夜までデートして、楽しい時間を過ごした。

そして数日後、仕事の合間に、ミリィは先日行ったレストランに昼食で行きたいと言い出した。味が気に入ったのだろうか。昼食だけならすぐに時間が作れるので、またミリィとレストランへ行った。注文はミリィがしたいと言うのでさせたが、何かがおかしい。

前回と同じ給仕にわざわざ注文を頼み、やたらとその給仕を呼びたがる。嫌な予感がする。

「ミリィ？　給仕は他にもいるからね」

「うん。でもあの人がいいの」

「……」

本当に嫌な予感しかしない。

また違う日にレストランに行きたいというミリィを連れて行ったが、呼ぶのはあの給仕ばかりだ。

「ミリィがあの給仕ばかりを呼ぶのはなぜかな」

「だって、かっこいいでしょう？　少し怖そうな顔をしているけれど、他の給仕と話して笑っているのが見えて。すごく笑顔が素敵なの！」

「……」

これはやばい。早く対処しなければ。その給仕は、その日のうちに報酬を与えて同じお店の違う店舗へ異動するよう裏から手を回した。

それからまたレストランへミリィと行った。しかし目当ての給仕がいないと分かり、がっかりしていたミリィを見ると心が痛いが、それはそれ、これはこれである。

その給仕の件についてジュードに話をしたところ、ジュードが変なことを言った。

「兄上も？」

「俺もとは？」

ジュードの話はこうだった。

ジュードはレックス商会の会頭を務めている。もちろん帝都にも店舗があり、ミリィを連れていくこともある。店舗へ行くと、ミリィは執務室でジュードを待っている間いつも、街の人の流れを見るのが好きだった。ところが、ある日から店舗のすぐ近くのカフェでジュードを待つようになった。そこのカフェが気に入ったのかと思い、ジュードも最初は気にしていなかった。

そのカフェはバーも一緒に営んでいる店だった。昼間もバーカウンターで軽い酒を出しているのだが、ある日ジュードがミリィを迎えに行くと、カフェに座ったミリィの視線はバーの中に釘付けだった。慌ててミリィにどこを見ているのか聞くと、「バーテンダーがかっこいいの」と嬉しそうに言ったそうだ。ミリィはバーテンダー目当てにカフェに通っていたのである。

これはやばいと思ったジュードは、すぐさまバーテンダーの男を調査し、男の女グセが悪いことを突き止めた。内密に二人の女性と付き合っていたバーテンダーは、なぜか急に二股がバレて、付き合っていた二人の女性に報復されそうになり、バーを辞めて違う街へ逃げていったという。

もちろん、相手の女性にその二股を情報提供したのは、ジュードが雇った人間である。ディアルドの妹に好かれたのが運の尽きだ。それに実際に悪い男なので遠慮はしない。

バーテンダーが急に辞めてミリィはがっかりしていたというが、兄たちとしては安心である。そしらぬ顔でミリィを慰めるのだ。

ミリィが成長するにつれ、こういった問題がまだまだ起こるのだろう。

以前年齢の離れたウェイリーを好きになったことがあるが、もしかしたらミリィは惚《ほ》れっぽいのだろうか。しかも毎回年上で、貴族でもない、危険な香りのする男ばかりである。心配だ。

見た目は大人になりかけているのに、無邪気過ぎてまだまだ子供なミリィが不安だ。

兄たちで手分けして、なんとかミリィの暴走を食い止めなければならない。決してミリィが傷つかないように、ミリィに気づかれないように、自分たちの手でミリィの笑顔は守り抜くのだ。

◆　◆　◆

ソロソ・ル・バレンタインは、バレンタイン伯爵家の三男である。

ソロソは早いうちから、自分の将来は明るくないことに気づいていた。兄たちは共に優秀で、次期伯爵は長男に決まっている。次男は長男のスペアとして多少大事にされているが、三男のソロソはスペアにもなれない、ただのおまけ。自分の道は自分で切り開くしかなかった。

転機が訪れたのは、皇太子であるカイルの側近候補として、同じ年代の子息が集められたことだ。ここで認められれば、ソロソは安泰《あんたい》。要領はいいので、うまく立ち回ってカイルの側近になることができた。

側近候補として付き合っている時から、カイルのことはあまり感情が出ない方だと思っていた。ソロソと同じ側近候補だったエメルも、言葉遣いは丁寧だけれど感情に起伏がない淡々とした少年だと思っていた。

ほとんど自分のことを話さないエメルだが、妹のことになると饒舌《じょうぜつ》になった。

可愛い、愛らしい、天使のようだ。妹のことをそんなふうに話す。

妹とはそんな存在だったたか？　ソロソの知る妹とは違う生き物だと思った。ソロソにも妹はいるが、わがまま、煩《うるさ》い、泣き叫ぶ。ヒステリーな母によく似ている。うん、やはり妹という名の、別の生き物の話をしているに違いない。

そのエメルの妹のことを、なぜかカイルもまた自分の妹だという。

確かに、カイルとエメルは母が姉妹の従兄弟同士だ。だからエメルの妹もカイルの縁戚だというのは分かるが、実際には妹ではあるまい？　よく分からない理屈であるが、カイルは妹だと言い張るので、そういうものだと思うようにしていた。

側近の中でも常にカイルの近くにいるのはソロソとエメルだけだった。

毎日何時間も一緒にいるので、仲は良いと思う。カイルはいつもソロソに厳しいし、エメルは笑顔でソロソに冷たくするけれど、それは仲が良くなって気心知れるようになった証拠だと思っている。そのはずだ。

噂のエメルの妹ミリィに、初めて会ったことを覚えている。エメルの言うように、可愛くて愛らしくて天使のような子だった。兄を愛していますと全身で表現して、エメルやカイルに愛を捧げるのを惜しまない。妹にあれだけ愛されれば、可愛くて仕方なくも思えるというものだ。いつもソロソを雑に扱うソロソの妹とは全然違う。ソロソもこんな妹なら欲しかった。

ソロソがミリィを呼び捨てにできるまでに時間がかかった。ミリィは良いよというのに、カイルが許さなかったのだ。とはいえ、今ではソロソもミリィとは仲良くなれたと思う。

ソロソはミリィがカイルの執務室にやってくるのが、いつも楽しみだ。毎日仕事づくしのカイルは休むという言葉を知らないのか、休憩をまったく入れない。だからこっそり裏で自主休憩をしているのだが、ミリィがやってくるとお茶の時間となるため、堂々と休憩できる。

ミリィが来ると、カイルはいつもデレデレである。最近ではソロソも慣れたが、笑み崩れた姿を初めて見た時、『カイル様って笑えたんだ』と驚愕《きょうがく》したものだ。

実際に皇宮の中でもカイルのことを笑わない皇太子だと思っている人は大勢いると思う。

先ほどはデレデレとか笑み崩れているとか表現したが、本当のところこれには語弊がある。普段は無表情なカイルが、少し口角を上げるだけでも、空気が変わるくらい珍しいのに、ミリィと居ると本当の笑顔がカイルの顔に現れるのである。妹の力とはすごい。

そして笑顔よりも、もっと珍しいことがある。それはあの冷静沈着なカイルがミリィのことになると焦りを見せることだ。

一度ミリィが泣いたことがあるが、その時のカイルの焦った姿はとにかく面白かった。あんな人でも途方に暮れることがあるのだと思ったものだ。

またあんな姿を見たいと楽しみにしていたが、その日が今日やってきた。

ミリィが来たという知らせは聞いたが、来客中だったため別室に案内を頼んだ。

来客が去り、ミリィを執務室に呼んだところ、すごく上機嫌でわくわくしている様子のミリィがやってきた。

彼女のために用意していたお茶菓子とお茶を出し、カイル、ミリィ、エメル、ソロソが席に着く。

「さっき、カイルお兄さまを待っている時、面白い話を聞いたの！　うふふふふ、聞きたい？」

聞きたい？　と聞きながら、聞いて欲しいと聞こえる。

カイルが笑みながら頷《うなず》いた。

「うん、聞きたいな」

「ちょっとお花を摘《つ》みに……これは言わなくてよかった。ちょっと部屋を出た時にね、侍女がこそこそと話をしていてね！」

あれ、なんかわかるぞ、この話。カイルも何かを察したのか、お茶を飲む手が止まった。

「カイルお兄さま、昨日侍女に夜這《よば》いされたって本当⁉」

「けほっ」

あら大変、と言いながら、ミリィはカイルの背中をさする。

「夜這《よば》いって女の人がされるものかと思っていたけれど、男の人もされるのね。勉強になったわ。こんなこと本にも載っていなかったもの」

「……」

本？　ソロソもエメルも、ちらりとカイルを見る。うん、固まっているな。

ミリィはお菓子を手に取ると、美味しそうに食べてから、楽しそうに口を開いた。

「それでどうだった？　楽しかった？」

「何もしていないから！」

「何も？　キスも？」

「してない！」

「えー、食べごろじゃなかったの？」

「食べご……、俺にも選ぶ権利はあるんだよ」

「そうね、確かにね！　でも味見くらいしてもよかったのに。あ、このお菓子美味しい！　ソロソが頼んだの？　どこのお店？」

「こ、これは、街の中央にある、花屋の横の店に頼んだものです」

笑いそうなので、つい声が震えてしまう。「食べごろ」や「味見」など、ミリィが普段使いそうにない言葉が面白過ぎる。本がどうとか言っていたが、何かで覚えた言葉の使いどころとしては間違っていない。

エメルは視線を外して、一切口出しをしない。

「ああ、あそこね。ミリィも今度行ってみよう！　カイルお兄さま、もう少しお菓子を食べて。お仕事するなら糖分が必要よ」

ミリィがカイルの口元にお菓子を持っていくので、力なくカイルが口を開けた。

「でもそうかあ。カイルお兄さまの好みの人じゃなかったのね。残念。でもどういった人が好みなの？」

「……考えたことないよ」

「そんなに難しく考えなくていいのよ。例えば、夜這《よば》いされるなら、どんな人だったら食べちゃう？」

「そんなことは二度とないから、例えにする意味がないな」

おっと、カイルの目が据わってきている。

「どうして？」

「皇太子に夜這《よば》いをかけるということは、皇太子の暗殺を試みるのと同義だからだ。あの侍女は二度と皇宮の地を踏めないし、同じことを起こす侍女がいないよう厳しい沙汰《さた》を出した」

そう、その始末をさせられたのはソロソである。

カイルは人との慣れあいが好きではない。とても潔癖なので、いつも手袋を外さないし、何枚も替えを用意している。触っても問題ないのは、ソロソやエメル、それにミリィくらいだ。

「……カイルお兄さま、怖かったのね。確かに餌《えさ》を前にした女性は、獰猛《どうもう》な瞳をした恐ろしい人が多いわね」

皇太子を餌《えさ》扱い。そして話がずれた。何か違う。

ミリィは皺《しわ》が寄ったカイルの眉間を、指の腹でぐりぐりと伸ばしていた。

「カイルお兄さま、ごめんなさい。もう怖い話はやめましょう。お詫《わ》びと言っては何ですけれど、ミリィの好きな人の話でも聞く？」

「……え？」

「ミリィのはお子様みたいな話だから、全然刺激とかはないけれど」

「ミ、ミリィ、好きな人がいるの!?」

「うん。もう会えなくなっちゃったから、過去の人だけれど」

「「誰!?」」

カイルとエメルが前のめりになった。どうしよう、次々と面白い話が降って湧いてくる。もう笑いたい。

ミリィの好きな人を聞いたところ、レストランの給仕とバーテンダーとのことだった。好きな人が二人もいた。けれど二人共急にいなくなったらしい。

カイルとエメルが顔を見合わせた。その一瞬の視線だけで交わされた会話は、「調査しろ」「了解です」という意味だと思う。

「本当に素敵だったのよ。どうしていなくなったのかしら」

ミリィがしゅんとして可愛いのに、カイルとエメルは殺気だっている。しかし何も反応がないことを不思議に思ったミリィがカイルを見ると、その殺気はどこかへ霧散《むさん》した。そしてカイルがニコリと笑う。

「いなくなったものをいつまでもミリィが悲しむのは俺が辛い。もうその人のことは忘れよう。俺がミリィを毎日思っているから。寂しくないように、ミリィにはいつもキスを贈るよ」

カイルはミリィの手をすくい、ミリィから視線を外さずに指にキスをする。これで落ちない女はいないはずなのに、ミリィは赤くなることもなく恥ずかしがることもなく、ただ笑顔を向ける。

「ありがとう。そうね、忘れることにする。ミリィにはお兄様たちがついているもの」

(あー面白かった。久々にカイル様の面白いところを見ることができた)

皇太子の側近というのは、大変なことも多い。けれど、やりがいはある。それに、面白いカイルを見ることができるのは、何にも勝る側近の特権である。

◆　◆　◆

金髪のカツラにドレスを着た私は、今日は仕事が休みだというアルトと、待ち合わせをしていた。

待ち合わせと言っても、近衛騎士で皇宮の敷地にある寮暮らしのアルトを、私が皇宮の傍《そば》まで馬車で迎えに行き、そこで待っていたアルトが馬車に乗り込むという形だけれど。

「アルト、おはよう」

「おはよう、ミリィ。今日も可愛いね」

頬にキスをするアルトの腕に、手を絡ませた。

「今日は付き合ってくれてありがとう。お昼前までは大丈夫なのでしょう？」

「そう。昼から令嬢とデートなんだ。ずっと付き合ってあげられなくて、ごめんね」

「いいの。少しでも一緒にいられるだけで嬉しいから」

アルトとバルトは複数の女性と付き合っているらしく、休日は分刻みのスケジュールらしい。元気だなぁと思いながら、今日の目的地、本屋へ向かう。なぜ本屋なのか。恋愛小説を買うためである。

恋愛小説は人気にもかかわらず、なぜか現世では隠れて読むもの、という扱いなのだ。なんだか前世のエロ本を隠れて読む中学生のようだが、そういうものなので令嬢たる私が買うのは勇気がいる。

恋愛小説といってもキスどまりで、きわどい部分はさらっと流される。私の中では純愛レベルなのだが、だからといって私が買っているのを見られて噂にでもなれば大変である。そういう訳で恋愛小説はいつも双子に買ってもらうのだ。

本好きの私は、すぐに本は読み切ってしまうので、ダルディエ領へ帰る前に大量に仕入れて帰るのである。

本屋へ着いたら、さっそく恋愛小説狩りである。片っ端から持っていない本を探し、アルトに買ってもらった。大量の本は、アルト宛てでダルディエ別邸に送ってもらう。

「思ったより早く終わったね。少しくらいなら、ミリィが行きたいところに行けるよ。何がしたい？」

「本当？　じゃあカフェでお茶をしながらアルトとお話したいわ」

「いいよ」

それからカフェでお茶と話を楽しみ、アルトと別れた。

今日は侍女はおらず護衛だけしか連れていないので、もう帰ろうかと思っていると、知った顔を見つけた。

「ユフィーナ様！」

「……ミリディアナ様!?」

カロディー家の元三女である。

「驚きました。ミリディアナ様、髪が」

「あ、これカツラなのですよ。似合っていないかしら？」

「とんでもない！　すごくお似合いですわ」

「ありがとうございます。こんなところで会うなんて驚きました。どこかへお出かけですか？」

「ええ。でも用事はもう済みましたの。帰ろうかと思っていました」

「あら、じゃあもしかしてこの後、時間がおありですか？　よろしければ、昼食を一緒にいかがですか」

「ええ、ぜひ！」

そんなこんなでユフィーナと一緒に、昼食をすることになった。

ユフィーナも社交シーズンのため帝都に来ていて、舞踏会やら夜会やらに参加しているという。

「舞踏会！　いいですね。わたくしはそういったものに参加できるのは、もう少し先の予定ですもの。ユフィーナ様は婚約の申し込みが絶えないというお話を聞きましたわ。どなたかお決めになりましたの？」

ユフィーナは清楚《せいそ》で美しく、また優しい話し方で人に好かれやすい。女性の友人が多く、男性からもぜひ嫁にしたいと引く手あまたらしい。最近、こういった噂を侍女のカナンが仕入れてくるのである。

「いいえ、まだ……。決めかねていますわ」

「そうですよね、一生が決まるのですもの。申し込みされている中に、好きな方はいらっしゃらないのですか？」

「……いませんわ」

「そうなのですね。では申し込みされてない方で、好きな方はいらっしゃるの？」

「え!?　えっと……」

ああ、これは好きな人がいるんだな。ユフィーナの顔がほんのり赤くなって可愛いです。

しかし、たくさん申し込みがあっても、好きな人から申し込みがないというのは、なかなか辛いものがある。

「ユフィーナ様の好きな方って、どういった方なのですか？」

「そうですね……。優しい方です。男らしくて、仕事熱心で、すごく頼りになる方で。ご家族をとても大切にしてらして、妹さんも可愛らしくて。剣を取る姿は凛々しくて、お強くて。それから……」

「あ、もういいです」

「えっ」

これは止まらなくなりそうなので、話を遮《さえぎ》ることにした。そして「妹」と言った時点で、誰か分かりました。

「ユフィーナ様は、ディアルドが好きなのですね」

――ガシャガシャッ！

「ああ！　申し訳ありません」

動揺したのか、ユフィーナがカトラリーを落とした。

顔が真っ赤で可愛いのだけれど。

「えっと……ディアルドは知らないのですか？」

「……ディアルド様を前にすると、恥ずかしくて話せなくなってしまって……。それに、今、付き合っている方がいらっしゃるようですし」

ああ、うん。たぶんいるね。それは私も思っていた。夜会の前に、同伴相手を迎えに行ったりしているのである。

（でもねー、ディアルドのあの感じだと、いつものパターンな気がするのよね）

社交シーズンで帝都にやってきて、恋人を作って、ダルディエ領へ帰る前に別れるパターンである。相手が好きなら別れないはずだ。もうすぐダルディエ領へ帰る話も出ているし、そろそろ別れるのではないかと思っている。

「ユフィーナ様、ディアルドはまだ婚約はしていないのです。ディアルドが好きなら、自分を売り込みしないと！」

「う、売り込みですか？」

「そうですよ！　欲しいものは自分から奪いに行くのですわ！　長女や次女に勝てたユフィーナ様ですもの、きっと大丈夫！」

「奪いに行く……」

最近読んだ本に、女性自ら奮闘《ふんとう》して、他の女性に人気な男性の婚約者の立場を得る恋物語を読んだばかりだった。

私はユフィーナの両手を握った。

「最初のきっかけくらいなら、わたくしも協力できますわ。それ以降はユフィーナ様自身が頑張らないといけないのですけれど。どうなさいますか？」

最初だけは手伝ってあげられる。あとはユフィーナとディアルドの気持ち次第。

「が、頑張ります！」

「その調子ですわ！」

それから計画を立てた。帝都を去るまであまり時間がない。その場で考えた計画を、すぐに実行に移すことにした。

現在有名で人気な観劇がある。ユフィーナと行きたいね、となったが、子供の私が一人では行けない場所なので、ユフィーナと観に行く時に、保護者としてディアルドに付き合ってもらう、というものである。観劇後は三人で夕食をとる。私がいればユフィーナも恥ずかしがらずに話す機会もあろう。

そしてその計画の日。予定通り観劇を楽しんで、夕食会場へ赴く。夕食中のユフィーナは、間に私がいることでディアルドと会話が弾んでいた。あとはユフィーナの頑張り次第。ダルディエ領へ戻っても、ディアルドはカロディー領へ仕事に行くことがあるので、会う機会はある。

結果はどうなるか分からないけれど、今後が楽しみだった。

そして帝都を発《た》つ日の二日前の夜となった。

「ねぇ、まだ？」

「まだです、お嬢様。せっかくの綺麗な御髪が、ここで止めてしまうと台無しになります」

自室で風呂に入った後、侍女のカナンが髪の手入れをしていた。すっかり伸びてお尻辺りまである長い髪を手入れするのは大変なのだ。大変なのは侍女であるが。

ノックとともに使用人が入ってきて伝言を伝える。

「お嬢様、本日の添い寝ですが、ジュード様ではなく、エメル様にと言伝がございます」

「エメル？　今日は夜会で遅くなるって言ってなかった？」

「それが、先ほど戻っていらっしゃいました」

「そうなの？　分かった。エメルにもう少ししたら行くって伝えて」

「かしこまりました」

早く行きたいけれど、カナンはまだ髪と格闘中である。もうしばらく手入れに時間がかかりそうなので、その間アルトに買ってもらった本を読みながら暇を潰した。

髪が綺麗に整えられた。うん、確かにきらっきらで綺麗である。カナンも満足そうだ。

そして本を持ってエメルの部屋に移動した。

「エメル、来たよ」

部屋に夜会で着たのであろう服が、散乱している。エメルにしては、めずらしい。とりあえず服は拾って椅子に置く。そして部屋の奥へ進むと、一人用のソファーに座った男性がいた。バスローブを着ているのは、エメルではない。カイルだった。

目を瞑《つむ》り少し下を向いた頭から水滴が落ちていく。バスローブから覗《のぞ》く胸板や首筋がなんとも色気を漂わせている。もうすぐ十九歳でこの色気はすごい。

(ミリィにこの色気は出せないな)

女なのに負けた気がすると少し悔しくなりながら、立ったままカイルを上から見る。座るカイルの横に置いてあったタオルを取り、カイルの髪から落ちる水をタオルで吸い取りながら、口を開いた。

「カイルお兄さま、寝ているの？　風邪をひくわよ」

カイルが目を開けたと思うと、腕を引っ張られた。そしてソファーに座るカイルの膝に乗る形で、面と向かって抱きしめられた。

「……カイルお兄さま？　どうしたの？」

何も言わないカイルは、抱きしめた私を離そうとしない。

「何かあったの？」

ずっと無言である。これは何かあったんだな。だけど理由は聞くなということだろう。

とりあえず、カイルの頭を撫でておいた。顔は見えないし何があったのかも分からないけれど、どれくらいそうしていたのか。全く離してくれないカイルだが、私は暇である。話も聞けないし、少しでも落ち着くのなら。

することがない。まだ眠れないし、どうしようかな。

「カイルお兄さま、ミリィを抱っこしてていいけれど、ミリィ前向いていい？　本読みたい」

「……」

抱きしめていたカイルの腕が緩み、覗《のぞ》き込むと、顔色の良くないカイルがいた。本当に何があったのか。聞いても答えないだろうけれど。

一度立って本を取ると、今度はカイルの膝に後ろから座った。

「抱っこしていいよー」

私の許可とともにカイルの腕が後ろからお腹に回り、頭を私の左肩に下向きに乗せた。うん、この恰好なら、私も本を読みやすい。

それからどのくらい経ったのか。ドアの開く音に上を向くと、エメルが入室してきた。夜会服を着て、疲れた顔をしている。

「エメルおかえり。一度帰ってきたって聞いたのだけれど」

「ただいま帰りました。もう一度出て行ったのですよ」

ふーという声と共に、エメルがソファーに深々と座る。なんだろうな、エメルも何かあったんだな。カイルは微動だにしないし。うん、私は空気が読める子である。何も聞くまい。

と思っていると、のそっとカイルが頭を上げた。

「始末は」

「終えました」

「そうか」

会話終了。全然分からん。こういうのを阿吽《あうん》の呼吸というのだろうか。

エメルは使用人を呼び出すと、風呂へ向かった。

カイルはまた顔を下へ向ける。

「カイルお兄さま、息がかかって首がくすぐったいの。横を向いてくださる？」

のそのそとカイルは顔を動かす。私はまた本に集中しだすが、カイルが声を出した。

「明後日に帰ると聞いたよ」

「うん。次は夏休みに会いましょう。ダルディエ領に来るでしょう？」

「行くよ。行かないとミリィに会えない」

「そうなのよね。帝都がもう少し近かったらなぁ。もっとカイルお兄さまに会えるのに」

「もっと会いたいと思ってくれている？」

カイルが顔を上げる気配がした。横を向くと、すぐ近くにカイルの顔がある。

「いつも思っているわ」

私が去るのが分かっているので、今日は寂しいのだろう。カイルの頬にキスをすると、カッと顔を赤くしたカイルは、また私の肩の上に頭を置いた。

「ミリィはずるいよ」

「えぇ？　どの辺が？」

頬にキスならいつもカイルも私にするのに。いつも会えばキスの嵐だ。兄たちはみんなそうだが。

自分がするのはいいけれど、されるのは恥ずかしいのだろうか。

この国はキスが挨拶代わりである。普通に道端でキスしている人はいるし、たいていの家もうちのように家族同士で頬にキスをするのだ。

カイルが落ち着くのを待っていると、やっとカイルは顔を上げた。普通の顔色に戻っている。

実はまだカイルには報告していない話題がある。きっとカイルなら喜ぶだろうと、口を開く。

「あのね、カイルお兄さま。夏休み過ぎたらね、実はミリィも帝都に滞在するのよ」

「……え？」

「帝都にある女性の学園に、一年間行くことにしたの。だから、この別邸から通うのよ」

「……本当に？」

だんだんと笑顔になるカイルに、笑みを返した。

「本当よ。女性の学園の定員に一人分の空きがあるらしくて、一昨日、ミリィはどうしたい？っ
てパパに質問されてね。ミリィはお友達が少ないから、テイラー学園に行く前にお友達が作れたら
いいな、と思って。だから、今日試験を受けてきたの」

「そうだったんだ」

「うん。だから、女性の学園に行く間は帝都にいるから、お休みの時はカイルお兄さまに会いに行
くね」

「うん」

カイルは喜んでいるようで、私を抱きしめながら、私の頬に自身の頬を付けている。機嫌が良く
なったようで、カイルは私の手元を覗《のぞ》き込んだ。

「そういえば、さっきから何を読んでいるの？」

カイルは私が持っていた本の表紙を見た。

「『今日からあなたも財務官　入門編』。ミリィは文官になりたいの？」

「ううん。これは違うの」

本のカバーを外した中から、本当の書籍名が書かれてあるのをカイルは読む。

「『先輩と先生と私　秘密の花園』……え⁉」

「えへへ」

アルトに買ってもらった恋愛本である。ちなみに書籍名はあやしいけれど純愛だ。

匿名のラブレターを貰った主人公が、先輩か先生のどちらが相手なのだろうと、ドキドキする物語である。きゅんとはするが、まったくエロくない。しかし現代では所謂《いわゆる》恥ずかしい本です。

私は家族に知られるくらいで恥ずかしくなったりはしないし、今では家族みんな私が恋愛本を読んでいるのは知っている。けれど、うっかり我が家のお客様などに、書籍名を見られたら家族が恥ずかしい思いをするかもしれない。

だから、別書籍名のカバーは、念のためにしているだけのカモフラージュに過ぎない。

「面白いのよ。読んだらカイルお兄さまにも貸してあげましょうか？」

「いらない！　どうしてこんなものを読んでいるんだ⁉」

「面白いんだってば。一度読んだら分かるのに」

エメルがお風呂から上がってきた。少し疲れが取れたような顔をしている。

「エメル！　ミリィがこんなものを読んでいるぞ！」

「なんですか？　……ああ、いつものやつですね」

「いつものやつ⁉」

「ミリィの小さなころからの趣味です。本邸にも別邸にも何百冊とありますよ」

「俺は聞いていないが⁉」

「そうでしたか？　もういつものことすぎて、言うほどのことでもないと思ったのかもしれません」

うん、カイルは元気になったようだ。わあわあとエメルと言い合いしていることに、平和だなと思うのだった。


帝都からダルディエ領へ戻ってきた。家庭教師と勉強、体力づくり、ダンスレッスン、騎士団通いなど、毎日の予定をこなす。

恐竜が生まれて半年以上が経ち、少し大きくなっていた。私がいない間も騎士団で三尾が親代わりをしてくれているようで、三尾ととにかく仲が良い。私が会いに行くと、恐竜の口が大きく開き、舐め回されるのが大変である。

シオンや他の騎士が恐竜に乗っても、恐竜は嫌がることなく走る。力が強いので、将来的には一角のように大人が二人は乗れそうだとシオンが言っていた。

ただ私は恐竜に乗ることは禁止されている。私は絶対に振り落とされると自信を持ってシオンが言うのだ。まあその通りだろうから、むくれたりはしないが。

ジュードは貴族向けにブラジャーの販売を開始した。コルセットが主流のため、すぐには流行するとは思っていない。けれど、最近では私だけでなくモニターとしてママやティアママに使ってもらっているし、口コミで貴族の婦人方に広がっているらしい。

お勧めはコルセットなしでの使用なのだが、コルセットとセットで使うこともできる。ブラジャーが流行してくれることを期待する。

コルセットは腰を細く見せるためには重要である。貴族から平民にいたるまで女性は着用している。けれど私にはやはり無理だった。ただでさえ食が細いのに、コルセットをすると胃が圧迫されて気持ち悪くなって、食べたものを吐いてしまったことがある。

だからコルセットは普段からしていない。ブラジャーはしているし、今のところコルセットをしないで問題は発生していない。

そして私は十五歳になった。

今年も双子に夏休みはなく、秋に長期休暇がとれるらしい。また双子に会えないのかと、私は寂しくて少しだけ不貞腐《ふてくさ》れた。

夏休みになると、エメルとカイルがダルディエ領へ帰ってきた。今年で学園を卒業する二人にはテイラー学園で卒業式とダンスパーティーがあったという。

エメルによると、カイルのダンスの相手をしたい令嬢たちが裏側で戦っていたらしいが、結局、相手はカイルの父方の従兄妹が努めたらしい。その戦いを裏の裏から見てみたかった。

ところでエメルの相手は誰だったのかと聞くと、笑って「ミリィの知らない人ですよ」と誤魔化された。知らない人でもいいから知りたいというのに。エメルは秘密主義である。

夏休みが明ける前に、私は帝都へ向かう。女性の学校へ入学するためだ。だから、今年はいつもと違ってエメルとカイルと一緒に帝都へ向かった。

来年はテイラー学園に行く予定でもあるし、今後は夏と冬の長期休みしかダルディエ領へは帰らない生活となる。カイルは今までも公務をこなしていたが、テイラー学園を卒業したことで、今後はさらに皇太子としての仕事が増えるであろう。カイルの側近のエメルも、同様に仕事が増えて忙しくなると思う。

帝都に戻ってすぐのある日。

夏休みに双子に会えなくて寂しかったので、今日は双子に会いに行こうと皇宮の近衛騎士団へ向かっていた。ドレスに金髪のカツラ、そして眼鏡の変装付きである。侍女のカナンと、正式に私専属の護衛となったアナンを連れている。

相変わらず近衛騎士団の訓練場の一般公開側には、令嬢や貴婦人がたくさん見学に来ている。私のように騎士団で過ごしてきたような人の方が少ないため、剣を振るう騎士はとにかくかっこよく映るに違いない。

私はいつものように家族用の窓口から入る。窓口は顔パスで通り過ぎ、双子を呼んでもらった。訓練場からバルトと騎士が近づいてくる。

「いらっしゃい、ミリィ」

会いに行くと、毎回私を抱き上げる双子である。私ももう大きいので重いと思うのだが。

「今日はアルトはいないの？」

「別の仕事に出てるんだ」

「ふーん、妹さん？　あまり似てないね」

バルトと一緒に来た騎士が、私に笑いかける。

「ごきげんよう。似ていませんか？」

「ミリィが眼鏡をしているからでしょ」

「あ、そうね。……どうですか？」

眼鏡を外すと、騎士は目を大きく開けた。

「似てなくはないけれど。可愛いな。バルトが可愛がるわけだわ」

「でしょ。あげないからね」

「俺、年上専門だもん」

バルトよりガタイのいい騎士は、男前だが笑うと少し幼く見える。ただ、私の好みの男性ではない。

彼はちょうど休憩の時間らしく、バルトと一緒に話をして別れ、私たちは訓練場を出た。もちろん眼鏡は装着しなおしている。アルトに会えなかったのは残念だが、また今度会いに行こうと思う。

すぐには馬車に乗らず、カナンとアナンを連れ、夏の花が満開だという宮殿まで歩いていた。木陰なので風も気持ちいいし、散歩日和である。

「お嬢」

アナンが私を呼んだ。いつの間にかネロの真似をして、私をこう呼ぶようになった。

「何？」

「誰かがついてきています」

「……え？　うそ、誰？」

後ろを振り返らないように注意しながら言った。

「訓練場の一般公開の方にいた令嬢が三人」

「えー、もう厄介だなぁ」

双子に気がある令嬢だろうか。バルトと仲良さそうに見えたであろう、私のことが気になるのかもしれない。花を見たかったのだが、進路変更。アナンの指示でできるだけ令嬢三人から距離を取る。

「まだついてきている？」

「来ていますね」

「もう。しつこいんだから」

もうすでに広すぎる皇宮のどこを歩いているのか分からない。歩いていると眼鏡がずれるので、とってしまった。門などは通っていないので、皇太子宮の区域には入っていないと思う。ただ、令嬢三人を回避したとしても、どうやって帰ればいいのだろう。

途中でアナンの指示で物陰に隠れて、しばらく経ち、ようやく厄介は去ったと判断した。物陰から出てみるものの。

「ここどこ？」

「どこでしょう？」

「どこですかね？」

アナンやカナンは私以上に皇宮に詳しくない。三人共すっかり迷子だった。足も痛いし、馬車を拾って帰りたい。まずは皇宮の出入り口を探そうと人に話しかけようとして、見知った顔を見つけた。

「ソロソ！」

誰かと話をしていたソロソがこちらを向いた。驚きの表情に突進して抱きついた。

「よかった！　ソロソがいて！」

「どうしたのですか？　いきなり積極的ですね!?　俺怒られるんで、離れてほしいんですけれど」

「あ、ごめんなさい」

「いえ、謝らなくていいのですけれど。知っていると思いますが、うちにはミリィのことになると悪魔のようになる人が二人」

「……誰？」

「嘘ですよね!?」

「二人って……お兄様たち？」

「他に誰がいると？」

悪魔は言い過ぎでは？　エメルもカイルも、ちょっとシスコンなだけです。

「それで、なぜこんなところに？」

「それが迷子になっちゃって」

「えぇ？　馬車はどうしたのですか？」

「皇宮の入口にあるの。お花の宮殿に行きたかったのだけれど」

「お花？　……ああ、今花盛りの。場所が全然違いますね。うーん、もう少し待っていただければ、俺が案内してもいいんですが」

「もう今日はお花はいいの。疲れちゃった。帰りたい」

「では皇宮の入口に行きたいということでいいですか？　それなら彼が案内してくれますよ」

ソロソは近くに立っていた男性を示した。ソロソしか見えていなかった。

「彼は入口を通った先に用事がありますから。一緒に連れて行って差し上げてください」

「承知しました」

ソロソから紹介されたのは、眼鏡をかけた優しそうな男性だった。

「よろしくお願い致します」

「お任せください」

丁寧に頭を下げると下げ返された。

「いいですか、ミリィ。まっすぐ帰ってくださいね。悪魔になりますからね」

「ミリィにはならないけれど」

「俺になるんですよ！」

そんなに怖いのか。

ソロソとはそこで別れる。案内をしてくれる彼は文官だという。

「お手数をおかけして、申し訳ありません」

「いいのですよ、通り道ですから。皇宮には複雑なところもありますからね。迷子になるのも無理はありません。お気になさらず」

優しいなあ。空気がほんわかしている。

それから、当たり障りのない会話を続けていると、いつの間にか皇宮の入口まで来ていた。

「ありがとうございました」

「どういたしまして。お気をつけてお帰りください」

うーん、最後まで丁寧である。手を振って別れる。

私の後ろにいたカナンとアナンへ振り向いた。

「すごく優しい人だったね」

「そうですね」

「ミリィの好みじゃないはずだけれど、かっこよく見えてきた」

「……」

「……」

足は痛いけれど、最後に嬉しいことがあった。終わり良ければすべて良しである。上機嫌で帰路《きろ》についた。

第五章　末っ子妹は試練の年を迎える

帝都には貴族の女性が通える女性の学園が三校存在する。どの学園も生徒の数に定員があり、寮はなく通学のみである。また校内には男性はおらず、教員も全員女性であった。

私が通うことが決まった女性の学園は、マグノリア学園という。

マグノリア学園に初めて通学する日。

通うことが突然決まったため、制服はギリギリに届いた。マグノリア学園の制服は、全体的に水色と白っぽい灰色の間のような淡い色のワンピースで、膝より下の長さのスカートにブーツ、そして首元の白いリボンが可愛い。自前のキラキラとした髪をカナンに編んでもらい、朝からエメルに披露して、可愛いと褒めてもらった。

馬車の外に護衛騎士はいるものの、私は一人で馬車に乗り、学園へ行く。馬車停留所で降りると、馬車と護衛騎士は帰す。彼らは学園が終わるころに、再び迎えに来てくれるのだ。

登校初日ということで、馬車停留所には案内の女性が来ていた。職員室に案内され、私のクラスの担当の先生と挨拶をする。

「ミリディアナ・ルカルエム・ル・ダルディエです。本日からよろしくお願い致します」

「ダルディエ公爵家のご令嬢をお迎えできて、嬉しく思います」

部屋の隅に用意されている応接セットのソファーに座るよう促《うなが》され、私と先生はテーブルを間にしてそれぞれ座った。

「ミリディアナ様の入学試験の結果には驚かされました。ほとんど満点の結果でしたよ」

「そうなのですね」

そう答えつつも、教育を受けた貴族の子女であれば誰でも満点近くを取れるだろうと、内心思ってしまう。

私の場合、来年はテイラー学園に通うつもりで、普段から家庭教師に学んでいる。テイラー学園に入学してから、他の生徒に勉強がついていけないのでは困るからだ。

そのため、マグノリア学園の入学試験は、今受けても合格するだろうと考えていたものの、思った以上に簡単だったため驚いた。あの試験が本当にマグノリア学園での私の学年の学問水準であれば、テイラー学園基準で考えれば、一年近くは遅れている気がしている。

マグノリア学園はマナーや教養、学問を学べるとはいっても、学問に重きを置いていないのかもしれない。

「ミリディアナ様は、来年はテイラー学園へのご入学を目指していると聞いておりますが」

「はい」

「であれば、今度の推薦は、ミリディアナ様がお受けになる可能性がありますね」

「推薦……ですか？」

「推薦制度のことを聞いていませんでしたか？」

「はい」

先生によると、マグノリア学園には、テイラー学園に推薦で入学できる学生が、三年生の中から毎年一名選ばれることになっているらしい。三年生の終わりの試験で、学問の成績が一番良い人が選ばれるのだとか。推薦とはいっても試験はあるらしいが、一般試験を受ける人より、合格点数が少し低くても入学できるという優遇があるらしい。

私の場合、侍女カナンと護衛アナンと一緒に一般試験を受けることにしているので、推薦の仕組みを使うつもりはない。パパもそれを知っているので、私に言わなかったのだろう。

「ミリディアナ様であれば、推薦をとれるであろうと期待していますよ」

「はい。期待に応えられるよう、精進《しょうじん》致します」

推薦は不要です、とわざわざ否定する必要はないので、そう答えておく。

「それから、わたくしどものマグノリア学園は、身分階級の仕組みをできるだけ取り除く校風なのですが、ご存じですか？」

「はい、存じております」

マグノリア学園の生徒は全員貴族であるものの、貴族の中にも公爵家、侯爵家、伯爵家、子爵家、男爵家と身分は存在する。本来であれば、身分の低い者から高い者へ、知人でない場合は自由に話しかけてはいけないと教わる。

ただ、女性の場合、結婚により身分は変わるし、両親の関係者以外で、子供の内から友人関係を自由に築くのは難しい。だから現在の身分に固執するより、この学園で気の合う友人を作って欲しい、という昔からの伝統があるのだという。

「身分の低い生徒から話しかけられることもあるかもしれません」

「承知しておりますわ」

伝統とやらに否やを唱える気はまったくない。私は気の合う友人が欲しくて、この学園へ来たのだから。

先生は頷《うなず》くと、私の後ろの何かに気づいたようだった。振り向くとナナリー・ル・アルダルという侯爵令嬢が自己紹介をした。私と同じクラスの令嬢らしい。先生が私の案内のために、ナナリーを呼び出していたようだった。

互いに挨拶を済ませると、先生の指示により、ナナリーは私を教室へ案内してくれる。

「ミリディアナ様が来られると聞いて、わたくしたち楽しみにしていましたのよ。これからよろしくお願い致しますね」

「こちらこそ、よろしくお願い致します。ナナリー様」

互いににこやかに言葉を交わす。

これが私にとって、思ったよりも試練のある学園生活の幕開けだった。

マグノリア学園に通いだして、一ヶ月以上が経過した。

私の思っていた通り、授業を受けて感じたのは、学問の水準は、やはりテイラー学園よりは一年ほど遅れていそう、ということだ。

一年前の復習をしている形にはなってしまうものの、私は現在でもマグノリア学園と並行して家庭教師にも勉強を学んでいるので、テイラー学園の入学準備には特に問題はない。

マグノリア学園は、午前中に二つ、そして午後に一つだけと授業数が少ない。テイラー学園より学べる教科が少ないのだが、学問よりもマナーや教養の講義を重要視しているようで、学問の進みが遅いのは仕方がないのかもしれない。

テイラー学園にはない、詩集の朗読といったものや、刺繍《ししゅう》をする時間というのもある。

授業が終わると帰宅してよいのだが、この学園では十日に一度ほど、授業後にクラスでお茶会を伝統的に行うことになっている。強制ではないけれど、ほとんどの生徒が参加する。

もちろん貴族の子女が通う学校なのでお茶会の経験者は多いが、様々な事情でその経験が少ない人もいる。

だから、将来的にお茶会に参加するであろう未来の貴族夫人たちの練習という意味合いもあるようだ。そうはいっても、学生なので堅苦しい畏まったお茶会ではなく、もっと和やかで軽い雰囲気のお茶会であった。

私もお茶会に参加し、最初の二回くらいまでは楽しくおしゃべりをした。

三回目のある日のお茶会は、天気の良い日だったからか、学園の庭園で行うことになった。学園にも多くはないけれど女性使用人が雇われていて、お茶会の準備を手伝ってくれるのだ。

お茶会が始まり、みな和やかに会話する。私は長テーブルの真ん中付近にいた。誰かが私に質問した。

「ミリディアナ様のご領地には、北部騎士団がありますよね。見に行ったことがおありですか？」

「はい、よく見に行っていますわ」

「まぁ！　よろしいですわね！　皇宮にある近衛騎士団の一般公開で見学をさせていただいたことがあるのですけれど、騎士の皆様、とっても素敵で！　北部騎士団で騎士の皆様を間近で見られるなんて、羨《うらや》ましいですわ」

みんな、近衛騎士団の一般公開には行ったことがあるらしい。きゃあきゃあと楽しそうに話をしている。

「北部騎士団では、ミリディアナ様も訓練をされたりするのですか？」

「いいえ、お兄様たちに禁止されていますから。わたくしが騎士団で訓練するのは、乗馬の練習くらいです」

体が強くないから、体力をつけるために、歩いたり走ったり筋トレしたりはしているけれど、どれも健康を維持するためのものだ。騎士団に遊びに行くものの、私には他の騎士に混じって訓練なんてできない。

「まあ、乗馬なんて、なんて野蛮な」

小さい声なものの、そんな言葉が聞こえて、左を向いて話をしていた私は、右へ顔を向けた。みんな、和やかな笑みを顔に貼り付け、誰が言った言葉なのかも分からない。クラスの中心人物であるナナリーと目が合うが、ナナリーはにこっと笑い返すだけだった。先ほどの声は、ナナリーのものではないことは分かる。

確かに、この国の女性は馬に乗る人が少ないけれど、別に野蛮なことではない。その偏見すぎる意見に眉を寄せ、左を見て先ほどまで話をしていた令嬢を見ると、目を背けられてしまった。たぶん、小さいとはいえ、先ほどの批判の言葉が聞こえていたのだろう。みんな、何事もなかったかのように、次の話題に移っている。

それからというもの、お茶会に参加する度に、私が話すと、見ていない方向から小さい声で、私に対する陰口のような批判が聞こえてくる。誰が言ったのだろうと確認しても、誰か分からず、そして皆、毎度何事もないかのように笑みを浮かべているのだ。

一度、確実に陰口を言っていないと分かっている子に、「誰が言ったの？」と聞いたのだけれど、「そんなこと、誰も言っていませんわ。気のせいでは？」と、私が被害妄想でもしているかのように言われてしまった。それからは私も聞こえなかったフリをすることにしたのだが、なかなかしんどい。

みんな、笑みを貼り付けているものだから、誰もが私をよく思っていないように見えてしまう。私に対する批判こそ、聞こえないフリをする人は多いけれど、それ以外は親切な人もいるから、何をどう見分ければいいのかが分からない。

このようにして、若干不安を抱えた学園生活を送っていたが、休みの日には近衛騎士団に双子に会いに行ったり、皇太子宮にカイルに会いに行ったりして、気分転換をして過ごす。

そんな生活を三ヶ月過ごしたある日、外から戻ってきて教室の扉を開けようとしたところ、中から話し声が聞こえた。

「お茶会で、あの不安そうな表情、見まして？　自分を庇《かば》ってくれそうな人を探している、というような。後ろ盾の影響力がないことに気づいてか、最近はこちらを窺《うかが》うように見ていますわね」

「あら、そんな風に言うものではないわ。必死にわたくしたちに笑いかけて、お友達になりたそうにしているでしょう。可愛いものだわ」

「でも、ナナリー様！　入学試験のほぼ満点、という噂を聞きましたでしょう？　ありえませんわ、ほぼ満点だなんて！　きっと、後ろ盾の力をお使いになったに違いありませんわ」

「そうかもしれないわね。でも、入学試験はともかく、学年で二度ある試験は、不正ができない仕組みだもの。その時に身の程は知れるでしょう。でも、あまりにも酷い順位だったとしても、温かく見守ってあげましょう。きっと見栄を張りたい年頃なのよ」

話をしていたのは、ナナリーと、ナナリーとよく一緒にいる三人の、仲良し四人組のようだった。

私は、そっと扉を離れた。間違いなく、私の話をしていた。今、教室に入る勇気はない。

まさか、入学試験の点数が不正だと思われていたとは。ダルディエ公爵家の力を使って、満点の点数と取り替えたとでも思われているのだろうか。もしかして、この三ヶ月、そんな不正をしたと思われる私を白い目で見ていた、ということなのだろうか。不正なんてしていないのに。

悔しくて泣きそうになるが、こんなことで絶対に泣きたくない。心を落ち着かせながら、学園内を歩き、庭にあるベンチに座った。

学年で二度ある試験は、不正ができない仕組み、と言っていた。短い冬休みが明けて一度、そして学年の終わりごろに一度、試験があると聞いている。試験後の採点は、先生方が集まって行うと聞いているから、先生が集まるところでは、高得点の答案と取り替えは難しいということなのだろう。入学試験は一人で受けたから、一人の先生を買収すれば、良い点数の答案と取り替えが可能だと思われているのかもしれない。

私の入学試験結果が原因の彼女たちの態度なら、みんなと一緒に受けた試験で良い点数を示せれば、私の入学試験が不正でないと分かってもらえるはず。

次の試験で良い点数を取れるように、頑張ろうと思うのだった。

◆
◆
◆

夜会で遅くなってしまったエメルは、ダルディエ別邸に戻ってすぐに風呂に入り、ソファーに座るミリィに近づいた。

「お待たせしました、ミリィ。そろそろ寝ましょうか」

「……」

ミリィの返事がない。ミリィは本を読んでいるようだが、よく見ると本のページは序盤から動いておらず、ぼーっと本を眺《なが》めているだけだ。

エメルは隣に座り、片手でミリィを抱き寄せた。

「ミリィ」

はっとした表情のミリィは、エメルを見て瞬いた。

「あ、お帰り、エメル」

「……それ、さっきも聞きましたよ」

寝る準備を整えたミリィは、エメルが帰る前からエメルの部屋にいて、先ほど「お帰り」と言ったのを忘れてしまったらしい。

ミリィは最近元気がない。明らかに学園で嬉しくないことがあったのは分かる。今日あったことなど何でも話すミリィが、学園のことだけはあまり話したがらない。

「今日の学園はどうでしたか？」

「いつも通りだったよ。今日も講義を受けて、……あとは、お茶会もあったかな」

「そうですか。……何か嫌なことでもありましたか？」

「嫌なことというか……お茶会って、楽しい話題だけじゃないんだな、って思ったの。……それにね、小さく変な言葉が聞こえるんだ」

「……変な言葉？」

「あ、ううん、でも大丈夫！　お茶会は女性の秘密の話題も多いでしょう？　ミリィも慣れていかなきゃ！　さ、エメル、もう遅いし寝ましょう」

「……そうですね」

それ以上は話をしたくないのか、ミリィが切り上げたため、エメルは二人でベッドに入った。ミリィの額にキスを落とす。

「お休み、エメル」

「お休み」

いつも通り寝つきの良いミリィの寝息が聞こえると、エメルも夢の中へ落ちるのだった。

次の日の朝、ベッドの上で目が覚めたエメルは、抱きしめて寝ていたミリィの瞼《まぶた》が動くのを見ていた。

「……もう朝？」

「朝ですよ」

ミリィは伸びをしながら、抱きしめていたエメルに逆に抱きついてくると、片足をエメルに巻き付け、エメルの肩に顔をくっつけた。寝起きは普段から甘えたなミリィだが、今日はいつも以上に甘えてくる気がする。

「起きないのですか？」

「……起きるよぉ」

そうは言いつつ、エメルに抱きつく力が入る。昨日から元気のないミリィは、学園に行きたくないのかもしれない。エメルはミリィの背中を落ち着かせるように撫でながら、口を開いた。

「学園に行きたくないのなら、行かなくてもいいのですよ」

「……そういうわけではないの」

どう見ても行きたくなさそうである。

「無理する必要はありません。ミリィは学園だけでなく、家庭教師からも学んでいますし、忙しいのですから、たまには休んでもいいのです」

テイラー学園のように男性はいないし、他国からの留学生もいないこともあって、マグノリア学園に通うのはミリィだけでも大丈夫だろうと判断していた。ミリィは素直で人当たりもいいから、きっとたくさんの友人を作って、毎日楽しそうな報告でもしてくれると思っていたのに。

ミリィは途中編入であるから、元からいる令嬢たちと気性が合わないのだろうか。それとも、ミリィをよそ者とでもはじき出そうとしているのだろうか。

こんなことなら、定員が一人分しかないと聞いて、入学を止めさせればよかった。二人分空いていたなら、侍女のカナンも一緒に送り出せたのに。楽しくなさそうなミリィを見ていると、どうにかしてやりたいと思う。そう思っていると、抱きついている力が弱まって、ミリィが顔を上げた。

「もう大丈夫。ちょっと眠かっただけなの。ミリィって、時々熱がでるから、休むこともあるでしょう？　だから、熱がないときは、ちゃんと学園に行きたいの」

「……ですが、ミリィの元気がないのが心配です。……そうだ、今日は皇太子宮へ遊びに行くのはどうですか？　気分転換も必要ですよ」

エメルの提案に乗りたそうなミリィは、うぐぐ、と息を詰まらせながら口を開いた。

「エメル、ミリィを誘惑しないで！　今すぐカイルお兄さまに会って、甘えたくなるもの！」

「甘えればいいのです。カイル様は喜びますよ」

「分かってるもん！　でも、学園行きたくないなぁとか、せっかくそんな気持ちに封をしたばかりなのに！」

ポロっと本音を言いだしたミリィに、もう少しつつけば、ミリィは行きたくない理由を言ってくれそうな気がする。さらに口を開こうとしたエメルに、ミリィはぎゅうぎゅうに抱きついた。

「ミリィは今日もちゃんと学園に行くの！　だから、帰ったらミリィをエメルが沢山甘やかして！」

行きたくない学園など、休んでしまえばいいのに。真面目なミリィは、ミリィの抱える悩みを、どうにか自分で解決したいと思っているのかもしれない。

「……分かりました。今日はミリィを甘やかすために、早めに帰ってきますね」

ぱっと顔を明るくしたミリィは、頷《うなず》いてからエメルの頬にキスをする。そして、やる気が満ちた顔で拳を握った。

「エメル、ミリィは次の試験、頑張るからね！」

「……ええ、頑張ってくださいね」

たぶん問題点は試験ではない気がしたが、ミリィは自分の中で折り合いを付けて気合でも入れたようだった。せっかく元気になったようなので、これ以上突っ込むことはしない。

本当はエメルがもう少し介入できたらとは思うものの、自身でどうにかしたいミリィの邪魔はできないから、もう少し様子見するしかなさそうだ。

「今日はミリィが学園に行く時に、私も一緒に行きましょう。学園の中には入れないので、馬車停留所までですが」

「……いいの？　お仕事は？」

「カイル様には少し遅れると連絡はしますから、大丈夫ですよ」

ミリィのため、と言えば、カイルは否やは言わない。

見守るだけ、というのもなかなか辛いものがある、と思いながら、せめて学園に入る寸前までは、ミリィの傍《そば》にいようと思うのだった。

◆　◆　◆

季節が進んで冬になり、私とエメルは一緒にダルディエ領へ帰郷した。双子は仕事で帰ってこなかったので寂しかったけれど、両親や他の兄には会えて、久しぶりに楽しい時間を過ごした。

しかし、楽しい時間はあっという間で、休みが明ける前に帝都に戻ると、私は再びマグノリア学園に通う。

あと三日もすれば、一回目の試験の日が訪れる、そんなある日。

調べ物のために学園の図書室にやってきた。図書室は全校生徒が使うはずなのに人は少ない。ちらほらと机に座って、勉強をしている人がいるだけだ。

私は本棚へ向かい、背表紙を見ながら目的の棚を探していた時だった。

「そのままで聞いて」

「……っえ？」

こそこそと小さい声がした。私が言われたのかと、キョロキョロとするが、私の立っているところには誰もいない。

「今度の試験、手を抜いて、低い点を取ることをお勧めするわ」

声の主は、明らかに私に言っている。どうやら、私のいる本棚の向こう側から話をしているようだった。誰が話をしているのだろうと、少しかがんで本棚の隙間から向こうを見るものの、相手の制服がちらっと見えるだけだ。

「どういう意味？」

「そのままの意味よ。いいわね、忠告したわよ」

「……っえ、待って！」

さっと身を翻すその子を追いかけて、本棚を回った時には、すでにその声の主はいなかった。

低い点を取れ、とはどういう意味だろう。何かの罠《わな》だろうか。

低い点を取ったら、ナナリーとその友人たちに、入学試験はやっぱり不正だったのだと笑われるだろう。まさか、それが狙い？

何を信じればいいのか分からず、今のよく分からない忠告は無視することにした。私の不正疑惑は、私自身が払拭《ふっしょく》するしかないのだから。

それから試験の日がやってきて、私は手を抜かずに試験を受けた。家で試験勉強もしたし、良い点数が取れる自信はあった。

試験結果の発表の日、教室に張り出された同学年の試験順位の羅列の紙に、みんなが集まる。一番上に書いてある自分の名前に、ほっとする。二番目にはナナリーの名があった。これで、私の不正疑惑は晴れただろう。

周りを見ると、みんなが私を見ていた。ほとんどの人は私を見て、気まずそうにしている。なんでだろう、と思いながら、ナナリーを見ると、ナナリーが私をすごい目で睨《にら》んでいた。ナナリーの友人たちは、そんなナナリーを気づかわしそうに見ていて、ナナリーが踵《きびす》を返すと、彼女らもナナリーについて行く。

どういうことだろう。良い点数を残せれば、少なくとも時々陰口を言われるようなことはなくなるかと思っていたのに、なぜか悪化したような気がする。

それからというもの、ナナリーとその友人たちからは、ほとんど無視されることになった。それ以外の子たちは、私が話しかければ応えてくれるけれど、ナナリーがいる場では私とは話したくない、というような空気を感じる。

どうしてこうなったのだろう。もう訳が分からない。

授業以外の時間に教室にいたくなくて、図書室にやってくる。ぶらぶらと本棚の本を眺《なが》めていると、前回と同じ声が再び聞こえた。

「だから、試験では手を抜けと言ったのに」

「……あなたはこの前の……」

またもや、私がいる本棚の向こう側にいるらしい。

「こうなるだろうと思ったから、せっかく忠告したのに、どうして一番なの？」

「だって……ナナリー様たちが、わたくしの入学試験を不正だと言っていたのだもの」

「そんなの、言いたい奴には言わせておけばいいのよ。あの子はあなたが気に入らないんだから、何をしても言いがかりをつけると思うわ」

「……どうして、わたくしが気に入らないの？」

「や、やだ、泣かないでよね？」

「……な、泣いていないわ」

ちょっと泣きそうになっているけれど。声で分かってしまったらしい。嫌われているだろうと思っていたものの、本当に嫌われていると知るのは正直辛いのだ。ぐぐ、と心を落ち着かせつつ、声の主の話を聞く。

「あなた、初めてここに来た日、先生にテイラー学園の推薦がとれるかも、と言われて、頑張りますって言ったんですって？　それをナナリーが聞いていたみたいで、取り巻きに文句を言っていたわよ」

取り巻き、という言葉はどうかと思いつつ、あの時の記憶を思い起こす。確かに先生には精進《しょうじん》します、と答えた記憶はある。

「それの何がいけないの？」

「いけない、というわけではないけれど、その一言がナナリーの敵愾心《てきがいしん》に火をつけたに違いないわね。ナナリーはテイラー学園に行きたいの。だから推薦をとりたいのよ。そうなると、自分より上にいる人が邪魔なの。分かる？　教えておくと、ナナリーに目を付けられたのは、あなたで四人目よ。一年の時に、ナナリーより成績が良かった二人が、ナナリーたちの無視や嫌がらせに耐えられなくて学園を辞めたわ。二年の時には一人辞めたわね。その代わりに入ってきたのがあなたで、この状況よ」

「……そうだったの」

そんな状況だとは、まったく知らなかった。

「ありがとう、教えてくれて」

「……あなた、お人よしって言われない？　あんな中途半端な忠告しかできなかったからこの状況なのに、よくわたくしにお礼が言えるわね」

「だって、忠告はしてくれたもの。わたくしがそれを聞かなかっただけだから」

「……言い訳させてもらうけれど、あの時は、あれを言う時間しかなかったの。図書室に同じ教室の子が入ってきたから。わたくしたちが話をした内容を聞かれるわけにはいかないでしょう？」

「そうだったのね」

別に私は恨んでいない。あの時に詳しく教えてもらったとしても、自分の名誉のために、結局私は試験を頑張っただろうから。

「でも、どうしてわたくしの入学試験が不正だと思ったのかしら？　今回は不正ではないと確信したから、逆に怒っていた、ということよね？」

「あなたのが満点に近いと聞いたからでしょう。知っていると思うけれど、この学園の学問の水準は、テイラー学園より一段階は低いの。なのに、ナナリーたちも、この学園の子たちも、この学園の試験って難しい！　って思っている人ばかりが集まっている。だから、満点に近いと聞けば、絶対嘘！　って思ったのでしょうね」

そういうことか、と納得する。

「あなたの一番が本物だと分かったから、ナナリーはきっとあなたに学園を辞めさせたいと思っているわね。そういう時、無視って結構効果的なのよ。ずっと無視し続けられて、精神的につらいと辞めた子が今までにいるから、味をしめているわ」

確かに、無視は結構精神的にくる。

「だけど、ナナリーたちは公爵家の令嬢に対して無視だなんて、将来の社交界を考えれば悪手だと分かりそうなものなのに。二年以上この狭い世界でそのやり方で上手くいっているから、将来まで思い至らずに目先の試験に囚われて増長してるんだわ」

「……あなたは、試験は難しいとは思っていないのね」

「難しくないわよ。今は調整して、二桁の順位に抑えているだけ」

「あなたもテイラー学園に行く予定なの？」

「……そうなればいいなとは思っているわ」

難しくない、という割には、なんだか言い切らないところに疑問はあるけれど、何か理由があるのかもしれない。

「わたくしね、もし推薦をとれたとしても、受けるつもりはないの。一般試験を一緒に受ける約束をしている子がいるから。だから、推薦はあなたがとればいいわ」

「……まだ最終試験も受けていないのに、推薦をとれる気でいるの？　ずいぶん余裕ね？」

「だって、次も本気で試験を受けるもの。勉強だってするつもりだし、きっと一番だと思うわ」

声の主はふっと笑ったので、私も釣られて笑う。

「じゃあ、あなたが一番で、わたくしが二番ね。遠慮なく推薦はいただくわ」

「ええ」

声の主は去っていった。結局誰なのか分からなかったけれど、同じクラスの誰かなのは間違いない。

正直、今でも人に嫌われたくない、とは思ってしまう。だから、今のこの状況を辛いと思っているけれど、それでも、良い人はいるのだと、少しだけ心は軽くなった。ただ、どうしても今すぐにエメルに抱きついて、甘やかしてもらいたいと強く思うのだった。

◆◆◆

皇太子であるカイルの側近ソロソは、夏休みが明けようとする頃、皇宮内で迷子になっていたミリィに会った。家に帰りたいと言うので、その場にいた文官に案内を依頼した。その件はそれで終わったはずだった。

ところが、ミリィがなぜかその文官を好きになったという。それをカイルはソロソを睨《にら》みながら、ミリィに悪い虫でも付いたらどうすると怒るのだ。

おかしいだろう。ソロソは迷子の案内を頼んだだけだ。ただの親切心。なのに怒られるとはどういうことなのか。エメルはエメルでニコニコ笑いながら、無言の圧をかけてくる。もう一度言う。おかしいだろう。

それにだ、ソロソは声を大にして言いたい。

ミリィが惚《ほ》れっぽすぎやしないかと。あの文官と会った時間は皇宮の入り口までの短い距離。歩いてもそう長い時間はかからない。たったそれだけの間に、どうやって好きになった？

人を好きになった経験のないソロソが言うのもなんだが、ちょろすぎやしないか。

その後、その文官はどこの所属だ、誰なんだとカイルが言うので仕方なく教えたが、心配しなくとも今後ミリィと会うことなど、ほぼない。この皇宮にどれだけ文官がいると思っているんだ。一応そのこともカイルに伝えて、文官にとばっちりが行かないよう手は打っておいたが。

あの迷子のとき、ミリィがソロソに抱きついたことは、二人には内緒である。死ぬまでソロソの口から言うことはない。

カイルとエメルの妹への愛は重量級だ。できればその愛は互いの間で完結する関係に留めて欲しいのだが、いつもなぜかソロソは被害を受ける。勘弁してほしい。

ただミリィのお陰で、カイルの面白いところが見られるのも、この立場だからではある。

夏休みが明け、ミリィはマグノリア学園へ入学したが、楽しい学園生活にはなっていないようだった。だんだんと元気がなくなっていくミリィに、カイルも心配して頻繁にダルディエ邸へお忍びで顔を見に行っているくらいだ。ミリィは時々皇太子宮にもやってくるが、ソロソから見ても心配になるくらい笑顔が少ないし、元から細いのに少し痩せたようにも感じた。

ここ最近、エメルは早く帰れる日は早めに帰って、ミリィと一緒に過ごすようにしているようだ。聞いたところによると、ミリィはエメルにべったりで離れないらしい。ミリィは心の平穏をエメルで満たそうとしているのだろうが、マグノリア学園でミリィに起きていることについては、なかなか詳しく話してくれないという。

とはいえ、そろそろカイルとエメルが限界のようで、ミリィに内緒でその身に起きていることを調査しようとしていた。

そして今日、カイルが夜にダルディエ邸へ行くというので、すこし巻き気味に仕事をこなしていた。他の宮殿で話し合いがあった後、皇太子宮にカイルとエメルと三人で帰ってきた時のこと。

騎士からミリィが訪ねてきていると、入り口で聞いた後のカイルの後ろ姿は上機嫌だった。顔を見なくても分かる。笑いそうになったが、もちろん実際に笑いはしない。

そして執務室に入ると、ソファーに座ってぼーっとしていたミリィは、立ち上がって言った。

「エメル！」

（あれ？　カイル様じゃないの？）

ミリィはエメルに抱きついて離れない。

どうしよう、笑っていいかな。カイルの後ろ姿が寂しい。

それからソファーに座ったエメルの膝の上にミリィは座り、エメルに抱きついたままだ。

「ミリィ、俺には来ないの？」

「カイルお兄さまは、お仕事でしょう」

（ミリィ、言えないけれど、エメルもお仕事の時間だからね）

カイルは仕方なく机に向かい、書類仕事に取り掛かっているが、ちらっと顔を上げてミリィを見ている。いつもの集中力はどうした。

ソロソはカイルの指示で、買い置きしていた栗のケーキを準備して彼に渡す。すると、カイルはケーキがのった皿を持ち、エメルのところへ歩いて、エメルの隣に座る。

「ミリィ、お菓子でも食べない？　甘いものを食べれば、少しほっとすると思うよ」

「……」

ミリィはエメルの肩に顔をうずめたまま、微動だにしない。落ち込んでいる様子だから、いくら甘いもの好きのミリィでも、さすがにお菓子くらいで気を引けるわけないと思う。

「ミリィ、栗のケーキ好きでしょう」

「……栗？」

そろそろと顔をずらして横を向いたミリィは、カイルの持つ栗のケーキを見ると、抱きついていたエメルの体からゆっくりと上半身を離した。ミリィの気が引けた。栗の威力すごいな。

「食べるよね？」

「……うん」

カイルがミリィに栗のケーキを、あーんしている。完全に餌《え》付けだが、少し顔色の悪かったミリィの頬に赤みが差してきた。

「美味しい」

少しだけ笑みを浮かべるミリィに、ソロソもほっとする。

それから、小さめだった栗のケーキを一個全て食べきったミリィは、だいぶ気持ちが落ち着いてきたのか、口を開いた。

「あのね、なんとなく気づいていると思うけれど、ミリィね、学園にうまく馴染めていないの」

「ミリィ……」

「頑張ればどうにかできると思っていたのだけれど、状況は良くならなくて、学校って、人付き合いって、難しいね」

カイルが手を握ると、ミリィは握り返す。

「一人でうまくできないミリィが、なんだか情けなくて、エメルにもカイルお兄さまにも言えなかったの。みんなが心配しているのも分かっていたのだけれど……、言えなくてごめんなさい」

「……ミリィが謝る必要はないよ。人間関係は難しいし、うまくできないからって、情けなくもない。ミリィが努力しているのだって、俺たちは分かっている。だから、ミリィはいつも偉いなって思っているよ」

ミリィの瞳に涙がこみ上げてきている。泣くまいと我慢しているように見えた。

「本当？　でも、ミリィ嫌われちゃったの」

「……だったら、俺と一緒だね。俺を嫌っている人だって、たくさんいるよ」

「……カイルお兄さまを？」

「万人に好かれるなんていうのは、絶対に無理だからね。俺自身を苦手にしている人もいるし、皇太子という立場を敵視する人もいる。いつでも揚げ足を取ろうと狙っている人だっている。悪意ある人はどこにでも潜んでいて、そういう人たちの顔色なんて窺《うかが》う必要はない。気にしなくていいんだ」

カイルはミリィの零れ落ちた涙を拭《ぬぐ》う。

「ミリィがいい子だって知っている人もいるはず。だから、ミリィを悲しませる人より、ミリィと気の合う人と良い時間を過ごすほうがいい。それでも、どうしても気になるなら、俺たちが話を聞くし、抱きしめてあげる」

「……うん。そうね、ミリィだって、苦手だなって思う人はいるもの。ミリィのことを嫌いに思う人だっているよね。まったく気にしないのは難しいけれど、気にしないようにしてみる」

「俺はミリィが好きだからね」

「ふふふ、ミリィだって、カイルお兄さまが大好き」

「じゃあ、エメルのところにばかりいないで、俺のところにも来て」

少し気分が晴れたのか、ミリィは笑って頷《うなず》いて、カイルへ手を伸ばす。カイルはミリィを抱き上げて、自身の膝の上に移動させた。

そんなミリィを見ながら、エメルが口を開く。

「ミリィ、私がマグノリア学園に抗議をしてもいいですか？」

「……？　抗議って？」

「生徒間の人間関係が原因だったとしても、ミリィがここまで悩んでいるのに、学園側が放置して何もしないでいるのは怠慢ですから」

「えっ⁉　先生方が知らないのは、ミリィが隠していたからだと思うの！　ミリィは自分で解決したかったし、先生に知られたくなかったし……。まだお友達がたくさん作れるかもって希望を持っていたのもあったのだけれど……もうお友達をたくさん作るのは諦めることにしたの」

ミリィはしゅんとしている。

「でもエメル、抗議はしないで。ミリィが自分で解決できなかっただけだもの。これからも大人になって、貴婦人たちと上手に付き合って行く必要があるのだから、今回の体験は勉強や試練だと思っておくわ」

「……分かりました」

エメルは何か言いたげにはしたけれど、言葉を飲み込んだようだ。

今度はカイルが口を開いた。

「ミリィ、抗議はしないにしても、ミリィを悲しませている子の名前を教えてくれるかな？　ミリィに何かあったらいけないから、把握だけはしておきたい。場合によっては、できるだけミリィと話さないで済む距離にいてもらうこともできるし」

「……？　話さないで済む距離？　もうすでに無視されているから、話さないと思うわ」

『無視』と聞いて、顔には笑みを浮かべているものの、二人の額に青筋が浮き出ている。

そして、カイルとミリィの『話さない距離』には、かなりの乖離がある。

「……そうなんだ。それでも、俺たちはミリィの兄だから、聞いておきたいな」

「分かったわ。ナナリー・ル・アルダル侯爵令嬢と――」

カイルの思惑には気づかず、ミリィは素直に四人の令嬢の名を告げた。

カイルの視線がソロソに向かう。詳しく調べろってことですよね。はいはい。

ミリィが知ることはないけれど、二人が処理をするだろう。

ミリィが将来参加するであろう皇室主催のパーティーやダルディエ公爵家主催のパーティーなんかには、彼女らは出席できない、あたりが妥当なところだろうか。

どの王侯貴族も、裏でパーティーなどに『招待しないリスト』というものを作っている。その中に彼女らの名前も載ることになるだろう。

一生涯、国の主要といえるパーティーには参加できず、彼女らの未来の夫も含め、なぜ招待されないのだろうと理由も分からず困惑すると思う。けれど、ミリィを悲しませた罪は重いから、未来の夫ともども、連帯責任は仕方ないと諦めてもらおう。

それから来た時より元気な表情になったミリィは、エメルと帰っていった。エメルが早引きした一方で、ソロソは居残りである。ひどい。

ミリィのことは、ソロソも近くで見てきたからこそ、あの笑顔が曇るのは心が痛い。だから協力は惜しまない。ただ、カイルとエメルの仕打ちには耐え兼ねるけれど。

それにしても、妹とは可愛いものである。ソロソにも二人のように優しく話をすれば、それを聞いてくれる妹がほしい。ソロソの妹に優しく話をしても、頭を打ったの？という表情をされるだけなので、絶対にそんなことはしないが。

◆　◆　◆

少し時間は進み、春が近くなった帝都は、暖かくなり春の花が咲き始めた。

マグノリア学園に通う私の環境だが、あれからもナナリーたち四人からは完全に無視を続けられている。ただ、エメルやカイルなどに話をしたことで、私の気持ちにも折り合いがついたのか、まったく気にしないのは無理だけれど、気持ち的には少し余裕が出てきた。

そうなると、周りの人間関係にも注意が払えるようになってきた。ナナリーたち以外の人について、ナナリーに気を使って私と話をしたくなさそうな人と、ナナリーを気にはしても私とも普通に接してくれる人がいることに気づいた。その違いについてこの時は分からなかったけれど、後程知ることができた。

それから、図書室で私に忠告をしてくれた子が誰なのか分かった。クロエ・ル・コルティ伯爵令嬢といい、綺麗な茶色の長い髪をいつもハーフアップにしている可憐で可愛い子だった。普段は口数が少ない子で、私は二人で話をしたことがなかった。図書室で話をした時とは、なんだかイメージが違うから、あれ？　っと思ったものだ。図書室の口調から、勝手にモニカに似たような子をイメージしていた。

どうしてわかったかというと、詩集の朗読会だった。クロエが朗読をしている時、図書室の子と声が似ていると思った。それから、バッチリとクロエと目が合い、私の視線がずっとクロエから外れないものだから、クロエは気まずそうにしていた。

そして、その後図書室に行って、本棚から本を取った時、後ろから小さな声がした。

「さっきは、じっとわたくしを見すぎ。あ、こっちを見ないでくれる？　本を見ているフリをして」

「あ、ごめんなさい」

いつもは本棚の向こうから声を掛けるクロエは、今日は同じ本棚沿いにいて、私と背中合わせの位置にいた。クロエは目の前の本棚を見ている仕草をしていた。

「これでも三年猫被っているんだから、今更ナナリーに目を付けられたくないの。わたくしにも目的があるから、悪いけれど話をしたいなら、ここでこの形にしてくれる？」

「分かったわ」

クロエの目的とは、推薦をとることだった。

クロエは昔から勉強が好きで、将来的にはテイラー学園に行って、やりたいことがあるらしい。

なのに、クロエの父は、女性は頭は良すぎると良い夫に恵まれない、という偏った思考の持ち主らしく、テイラー学園を一般試験で受けるなんて！　と反対されたという。ただ、父は『名誉』というようなものには弱いようで、マグノリア学園で推薦をとることは名誉に値するから父も無下《むげ》にはできないだろうと、クロエは推薦をとる前提でマグノリア学園に入学した。

しかし、入学してナナリーという存在がいるのを知り、すぐに計画を変えた。三年の終わりにある試験さえ優秀であれば、推薦がとれる。それまで目立たないようにしていようと。

クロエは将来的には皇室所有の薬の研究機関で、研究に携わりたいという。クロエの祖母は、家庭菜園とはいえ、わりと本格的な薬草を育てているらしく、その影響らしい。もうやりたいことを見つけているクロエはすごいと思う。

そんな話をクロエに聞いたのを始まりに、クロエとは時々図書室で背中合わせで小声で話すようになった。互いの事やマグノリア学園内のことなど話題は色々だけれど、クロエと仲良くなれたことは、辛い学園生活でずいぶん支えられて、心は軽くなった。

それから、ナナリーに気を使って私と話したくなさそうな人と、ナナリーを気にはしても私とも普通に接してくれる人がいることについて、クロエが教えてくれた。ナナリーの家であるアルダル侯爵家の影響力があるかないか、が違いらしい。つまりは、アルダル侯爵家に頭が上がらなかったり、事業で関係があったり、というような家柄だと、ナナリーに気を使う必要があるというのだ。

このマグノリア学園は、身分階級の仕組みをできるだけ取り除くことにしていると聞いていたけれど、それは表向きだったようだ。家の影響力なんかも取り除くのだと思っていたのだが、ナナリーは存分に利用していたのだ。

ただ、私のようにテイラー学園に行かずにマグノリア学園に残る人たちは、これからもナナリーと過ごすことになる可能性が高い。なのに、私のせいでナナリーに目を付けられても可哀想だと思うので、ナナリーに気遣う必要がある子には、あまり話しかけないように気を付けた。

そして社交シーズンが始まり、ダルディエ領から上の三人の兄たち、そして両親が帝都にやってきた。久しぶりの両親や兄たちに、甘え倒しつつ、もうすぐ受ける予定のテイラー学園の入学試験の勉強も手を抜かない。私の侍女カナンと護衛アナンも、私と一緒に試験を受けるために、勉強を頑張っていた。

また、先日モニカから手紙を貰ったのだが、モニカは正式に留学が決まったという。つまり、私と一緒にテイラー学園に通えるということだ。最近の暗い気持ちが晴れるくらい、嬉しい報告だった。

そしてテイラー学園の入学試験を受ける日がやってきた。

テイラー学園の入学試験は、入学する前の半年の間であれば、いつ受けてもいい。だから集団で受けるということはなく、私たち三人きりで試験を受けた。試験を受ける前は緊張していたけれど、試験を受け終わってみれば、そこまで難しかったという印象はなかった。とはいえ、マグノリア学園の試験よりはかなり難しかったけれど。

アナンとカナンも本人の感触的に受かっているだろうと言っていたが、合否の結果が分かるまでの数日は、緊張と不安が混じって一日が長く感じた。

そして数日後、三人とも無事に合格したのだった。

ちなみに、テイラー学園へは、一年目から五年目までなら中途入学もできる。学年が上がるごとに入学試験が難しくなるため、やはり早めに受けて入学するほうが楽ではあるが。

マグノリア学園に通い始めてから停滞していた無表情の練習も再開した。どうやら私はまだ表情から感情が読みやすいらしい。ナナリーたちも私が不安そうな顔をしているると笑っていたし、もう少し練習が必要だと判断した。

そして、マグノリア学園でも三年生の最後の試験が実施され、教室に試験の順位が張り出された。

唖然としているのは、ナナリーとその友人たち。私が一番目、クロエが二番目、そしてナナリーが三番目の順位であった。

順位の表を張った先生に、ナナリーが詰め寄る。

「わたくしが三番目だなんて、何かの間違いですわ！」

「ナナリー様、間違ってはいませんよ。教師全員で確認もしていますから」

「だって、クロエがどうして！」

「『クロエ様』でしょう、ナナリー様。今回は推薦の学生が決まる大事な試験です。今まで以上に厳格に、それぞれ二度ずつは確認をしていますから間違いのない順位です。僅差《きんさ》でもありません」

僅差《きんさ》ではない。それは二番目と三番目には大きな点数の開きがある、ということだ。

「それと、みなさんにテイラー学園への推薦を受ける学生が決まりましたことをお伝えします」

先生の一言に、クラスのみんなが一番目の私を見た。

「推薦の学生は、クロエ・ル・コルティ伯爵令嬢です」

一瞬静寂に包まれた後、今度はみんな、驚きの表情でクロエへ視線を移す。

「おめでとう、クロエ様。まだ推薦を受ける学生としての試験は残っていますが、合格することを応援していますよ」

「ありがとうございます」

先生がクロエに拍手を送り、私もそれに倣《なら》う。すると、ナナリーに遠慮しつつも、そこかしこで拍手が湧き起こった。ナナリーだけが怒りに震えている。

「どうして一番のミリディアナ様ではないのですか!?」

「ミリディアナ様は、一般試験ですでに合格されているのですよ」

一般試験を受けたことは、先生方とクロエには言ったけれど、他の皆には言っていないから、驚いているようだ。

それにしても、たとえ私が推薦をとったとしても怒るのだろうに、クロエより私の方がマシ、と言いたげなナナリー。今まで二桁順位を保っていたクロエが急に二番になったために、番狂わせ的に思っているのかもしれない。

推薦をとろうととるまいと、結局テイラー学園に入学するためには試験を受ける必要がある。合格水準に多少の優位はあれど、ある程度の点数は必要なのだ。それにナナリーも推薦に固執せず、一般試験を受ければいいだけだ。クロエとは違って、父の反対もなさそうに見えるから。

帰り支度をしていると、珍しく堂々とクロエが私に話しかけてきた。

「クロエ様、わたくしに話しかけてもいいの？　みんな見ているけれど」

「目的は達成したから」

笑ったクロエに学園の庭園へ行こうと誘われ、私たちは庭園のベンチで隣同士に座った。

「わたくし、今日までしかこの学園には来ないの。だから、最後に挨拶だけでもと思って」

「今日まで!?　どうして？　まだ夏休みまでは一ヶ月以上も日にちがあるのに」

「明日、テイラー学園の試験を受ける予定なの。推薦が貰えることは、昨日学園から連絡があった

から知っていたのよ。お父様は、わたくしが推薦をとったことにニヤニヤしてたけど、すぐに嫁の貰い手がなくなるってしかめっ面していたわ。だから、まだお父様の中で推薦という言葉に威力があるうちに、早めに試験を受けておくつもり。試験を受けたら、わたくしが受からないわけないもの。もうこの学園にも用はないから、早めに夏休みに入ろうと思っているの」

受からないわけない、なんて、すごい自信だけれど、クロエなら受かるだろうことは私にも想像できた。

「そうなのね。じゃあ、先に合格おめでとうと言っておくわ。テイラー学園でまた会いましょう」

「ええ。……それにしても、わたくし、これでも一応一番を狙っていたのよ？　前にミリディアナ様が一番でわたくしが二番という話はしたけど、やっぱり推薦は堂々と一番で貰いたいじゃない。だから、ちょっと悔しいのよね」

「わたくしだって、一番になるように勉強したもの。ナナリー様たちに、やっぱり不正だなんて思われたくなかったから」

家庭教師やエメルにも教えてもらったし、自主勉強もしっかりした。無視されても、私に後ろめたいことはないから、堂々としていたかった。

「わたくしだって勉強はしたのに。テイラー学園の試験もあったから余計に頑張ったしね。でも、それはミリディアナ様も同じよね。悔しいけれど、諦めてあなたを認めるわ」

「ふふ、ありがとう」

クロエは手を振って去っていった。次に会うのはテイラー学園だろう。

私にとって、マグノリア学園は試練だった。初めて一人で外の世界に出て、改めて兄たちや両親に守られてきたのだと実感する。けれど、クロエと会えて、いろんな性格の人と接して、私も少しは成長したと思いたい。

「……お兄様たちに会いたい」

成長したはずと思いつつも、やっぱり兄たちに甘えたいし、今すぐ会いたくなってしまった。早く帰ろうと席を立つのだった。


学園から帰宅した時、シオンを廊下で発見した。そのため、シオンを私の部屋へ誘って、ソファーに座り、シオンにピッタリくっついて話をしていた。私の膝の上では、猫のナナが顔を乗せて満足そうにしている。ゴロゴロ音を鳴らすナナを撫でながら、シオンと話をしていると、急にシオンが言った。

「旅に出る」

「え……やだ。シオンがいないと寂しい」

社交シーズンで帝都に来てからというもの、シオンは毎日家にいたから、しばらく遠くには行かないと思っていたのに。

「何言ってるんだ。ミリィも行くんだぞ」

「……え？」

以前シオンに旅行に行く時は一緒に連れて行ってと、約束したことを覚えていたらしい。

「本当？　ミリィも行っていいの？　でも、ミリィ、まだ夏休みじゃないよ……」

「テイラー学園に行くことは決まってるんだから、もうマグノリア学園は行かなくていいだろ。三年は卒業の年でもないし、マグノリア学園で修了の儀式をするわけでもないんだから。あんなところに、これ以上ミリィが行く必要はない。旅のことは父上にも話をしたし、了承も得てる。だから気分転換でもしに行こう」

「本当にいいの？」

「ああ。二日後に出発する」

「やったぁ！」

シオンに抱きつく。シオンは私の背中を撫でた。

学園で私が上手くいっていないことを、今は兄たちはみんな知っているので、シオンも私を心配していたのは分かっていた。旅に連れて行ってくれるなんて、すごく嬉しい。

クロエもマグノリア学園にはもう行かないと言っていたし、学園での最後の試験も受け終わっている。マグノリア学園の子たちと最後の挨拶はできないけれど、当初予想していたより仲の良い友人ができず残念な結果でもあるし、今更どうしても挨拶しておきたい人もいない。だから、少し早めの夏休みに入ったと思うことにした。

「旅にはアナンとカナン、あと護衛も二人連れて行く」

「え？　ミリィとシオンの二人じゃないの？」

「父上が護衛を連れていけと言うからな。それに、ミリィの世話をする人がいるだろう。俺はできないぞ」

う。確かに今の私の世話は私にもできない。

「馬は五頭手配済みだ。服装はさっきカナンに伝えたから準備してくれるだろう」

「五頭……人数分じゃないような」

「ミリィは俺と乗るんだよ」

「え!? ミリィも馬に一人で乗れるようになったんだよ」

「知っているけれど。旅は疲れるからな。ずっとミリィ一人で馬に乗るのは厳しい」

頬を膨らませた。

「カナンは一人で乗るのでしょう?」

「カナンは一人前に馬に乗れる」

「ミリィと同じくらいでしょう?」

「ミリィと水準が一緒なんて言ったら、カナンが不憫《ふびん》だぞ」

「……」

そんなに私の乗馬レベルは低いのか。むっとするが、シオンにここまで言われれば、そうなんだろう。悔しいけれど。

それから準備が整った二日後。

馬に乗るため、少年服を着て少年用の金髪カツラを装着したものの、胸は潰さなかった。最近では、いつも少年服を着るときは胸をさらしで巻いて平らにするのだが、今回少年服を着たのは軽装で旅に出るためであって、少年を演じるわけではないからだ。用意した服は商家の息子をイメージした軽装ばかりである。カナンも動きやすいように少年服を着ていた。

みんなに見送られて、ダルディエ邸を出発した。

旅はおおまかには、グラルスティール帝国の中央をぐるりと回る予定である。

初夏に入る前の季節で、暑すぎず乗馬中は風が気持ちいい。シオンに背中を預けていて、馬の操作に集中しないで景色が楽しめる。シオンには一人で馬に乗れると言ったものの、乗らなくてよかったと思う。もし乗っていたら、馬の操作ばかりに目がいって、旅を楽しむどころか疲れてしまっていただろう。

それにしても。

「乗馬が上手なのね、カナン」

「こんなこともあるかと思いまして。練習をしていました」

いやいや、こんなことは普通はないと思う。私だって少しは乗馬ができるが、一般的な令嬢の旅と言えば、普通は馬車である。その侍女もしかり。

ダルディエ領とその近辺の領、帝都、そしてラウ領にしか行ったことのない私は、どこを見ても楽しい。見知らぬ町での散策、のどかな森の探検、村の家畜の放牧を見たりと何もかもがキラキラしていた。雨が降ればホテルで時間を潰し、予定を決めていないので、その日生活なのも気楽であった。またある日はホテルまでたどり着けず、野宿をしたのだが、これも楽しかった。火を焚《た》いて、持っていた軽食を食べて、おしゃべりをして寝るのだ。

そんなある日、山の中にあるという、湖が綺麗な避暑地を目指していた。貴族にも人気なホテルがあるらしく、そこに泊まる予定だった。その道中、一番に気づいたのはシオンだった。急に道の脇から馬に乗った男たちが十人ほど現れたのである。どうやら道中の旅人から金品を奪うのが目的の山賊のようだった。

シオンは舌打ちをする。私と二人で乗っているため、山賊よりも馬のスピードが遅いのだ。私たちを庇《かば》うように走る護衛の馬が、先に山賊たちとぶつかった。シオンはこのまま走っても山賊に追いつかれると判断したようで、馬を緩やかに止めると自分が馬から降りてすぐに私も地面に降ろした。

「馬の側から離れるなよ」

「うん」

「カナン、お前はミリィの側にいろ」

「承知しました」

カナンが私の前に立つと、シオンは山賊の応戦に入った。十人の山賊を相手にアナンを含む護衛三人では厳しいからだ。

「それ、どこから出したの？」

ナイフを前に出して警戒しているカナンに言った。

「ナイフですか？　腰に差していました」

「危ないわよ」

「何を言っているのですか。私は料理もします」

「……関係なくない？」

「大ありですよ。猪なんかも捌《さば》きますよ、私」

「……なんで猪」

「大きいものを捌《さば》く練習です」

どこから突っ込んでいいのか分からない。

「……カナンは何を目指しているのかな？」

「もちろん、お嬢様の完璧な侍女です」

よし、もう気にするのは止めよう。

そんな会話をしているうちに、シオンが四人を倒していた。アナンたち護衛三人もそれぞれ二人ずつ倒していた。

「シオン、大丈夫？」

「ああ。お前たち怪我は」

「ありません。シオン様、これどうしますか」

「転がしたままでいいだろ。行くぞ」

うん、余裕そうですね。何事もなかったかのように馬に乗って走り出した。本当だったら、地面に突っ伏して呻《うめ》いている山賊たちは、町の警備に渡さなければならないと思うのだけれどね。

騎士たちの訓練を見慣れているからか、自分が戦うのではなく、こういうのを見るだけなら私は平気のようだ。怖いとかそういう感情はない。シオンを信頼しているから、ということもあるだろう。

その日の夕方には、目的地である避暑地に着いた。ホテルに入りゆっくりと過ごす。

次の日、ホテルの傍《そば》に広い湖があって、そこを眺《なが》めながらゆったりと朝食を取った。山に囲まれた湖はすごく美しいと思う。朝食後は湖の周りを散策した。動物遣いの影響か、野兎がじっと私を見ていた。

ゆっくりと日中を過ごし、夕食後、シオン、アナンとカナン兄妹と共に、ホテルから漏れる光も届かない場所まで歩いてきた。星を見るためだ。今日は新月で明るい月がないため、星が綺麗に見えるだろう。

カナンが地面にシート代わりの布を敷いてくれたため、シオンと二人で並んで布の上に寝転ぶ。

「わぁ……星が綺麗。降ってきそうだね」

「そうだな」

夏の虫の鳴き声が鈴のように聞こえる。自然と同化したような感覚になる。自分がちっぽけになったような感覚。ぼーっと星を見ていると、シオンが声を出した。

「……何を考えてるんだ？」

「え？」

「なんか落ち込んでるだろ」

シオンってば、するどい。野生の感？

「……落ち込んでるというか……。マグノリア学園のことを振り返ってみると、何もできなかったなーって思って。一人で上手くできなかったし、ミリィは成長できていない気がして、情けなくなってきちゃった」

改めて考えると、自分にがっかりしてしまう。

「何もできてないってことはないだろ。ミリィは勉強も試験も頑張ってたし、親しい人間を作ろうと努力してた。初めて一人で外の他人との集まりと接したんだから、上々の出来だ」

「……そうかな。でも、親しい人もたくさんできなかったし、思ったような結果にはならなくて残念」

「邪魔する奴がいたからだろ。それでも、ミリィは負けずに頑張ってた。だから、結果には固執する必要はない。経過が大事なんだから。俺は十分成長してると思う」

「……本当？　情けないと思わない？」

「情けないわけあるか。誇らしいと思ってるよ」

シオンが私を見た。

「ただ、いつも何でも話すのに、こういう時だけ言わないから心配するんだ。話すだけでもいいから、もう少し俺たちを頼れ」

「……うん。今度からは聞いてもらうようにするね」

心配かけたのは間違いないから、反省すべき点だ。一人で解決したいというところに固執しすぎていたかもしれない。シオンの言う通りだ。

それでも、私が成長していると言ってもらえて、少し安心した。

落ち込んだ気分が浮上するのを感じながら、再び視線を星に向ける。さきほどより星が輝いて見える。

「あ。あの星とあの星と、あっちの星も繋げたら、猫みたいじゃない？」

「何で星と星を繋げる？」

そういえば、ここには星座という概念がないかもしれない。猫の顔のような星座に見えるものを見ていると、ナナを思い出す。

「旅に出るからナナを置いてきちゃったけれど、今頃寂しくて鳴いてないかな……っくしゅん」

「……まさか、風邪か？」

「ううん、今は夏だから違うよ。ちょっと鼻がむずむずしただけ」

「ミリィの風邪や熱は夏は関係ないだろ……。ほら、こっちにこい。あっためてやるから」

隣に並んで横になっていたのだが、移動してシオンにぴったりとくっつき、シオンの腕枕に頭を乗せた。シオンは筋肉があるからか、体温が高くて温かい。私の額に手を伸ばすシオンは、熱はないと感じたのか、ほっとした顔をしている。

「ねー、星って願いを叶えてくれるって、聞いたことない？」

「ない。何で星が願いを叶えるんだ。あそこにいるだけだろ。……何か叶えたいことでもあるのか？」

「そういうわけじゃないんだけど。……これからも、シオンが時々はミリィの傍《そば》にいてくれたらいいなーとか？」

「俺に言え。星は叶えてくれないぞ」

確かに。

「あ！　そういえば、最近のディアルド、彼女と長く続いてるって知ってる？　二人がもっと仲良くなりますようにって願おうかな！」

「星に願ってどうする。ディアルドに言え」

「もうー！　そういうことじゃないのに！　シオンは恋人欲しいなって思わないの？」

「思わない」

相変わらず、シオンは恋愛には興味がないようだ。

そのようにして他愛もない話を楽しむのだった。

避暑地には五日間滞在した。ここなら護衛たちも交代で休みが取れるからだ。ゆっくりとした時間を楽しみ、次の街へ移動した。

ずっと馬で走りっぱなしではなく、適度にホテルで休む時間を入れつつ、旅が終わり帝都に戻ってきたのは夏休みの前だった。一ヶ月ほど旅に出かけて、気分転換ができてすっきりした。

◆　◆　◆

私は十六歳になった。

社交シーズンが終わり、両親や上の兄二人は先に帰っていたので、それを追うようにシオンと一緒にダルディエ領へ帰郷した。その後、夏休みのためにエメルとカイルも領に戻ってきた。双子は今年も夏は仕事で戻ってこなかったけれど。

――ダンッ！

「ボーガンは向いていそうだな」

「ミリィもそう思う！」

現在、北部騎士団でボーガンの練習中である。隣でシオンが教えてくれているところだ。以前ボーガンを教えてくれるという約束をしていたのだが、つい最近練習を始めたのだ。私のように力がなくても簡単に撃てる。そして意外と私に合っているのか、狙ったところに当たる。そうすると楽しいと思えるものである。まあ、シオンはいつも「ミリィに実戦で使う場面はないけれどな」と言うけれど、なんだか強くなった気分になれるので、私は満足だった。

夏休み中はエメルとカイルと一緒にいることが多いけれど、今年は少し仕事を持ち帰っているようで、午前中は二人は仕事、午後は休みと決めているらしい。だから、午前中の今、私は騎士団で過ごすのだ。

「そういえば、夏休みが明けたら、俺も帝都に行くから」

「え、本当？　ミリィの近くにいる？」

「うん。しばらく帝都を拠点に動くから」

シオンは相変わらず、普段何をしているのか分からないけれど、パパとやり取りしつつ、何か裏の仕事をしているようだった。

「嬉しい！　じゃあ、ミリィとデートしてね」

「いいよ。……テイラー学園だけれど、俺も一緒に行こうか？」

「……？　一緒に？　ミリィと？」

「うん」

「教室でも一緒にいるってこと？」

「うん」

「ええ⁉　シオンが行ったらおかしいと思うわ」

「関係ない。学園は黙らせる」

いやいやいやいや。兄同伴なんて、さすがに私も恥ずかしい。

マグノリア学園での、私の事態を心配しているからこその発言であるだろうから、嬉しくは思うけれど。

「ありがとう。その気持ちだけで十分。シオンはミリィが帰ってきた時に甘やかしてくれると嬉しいな」

「……わかった。でも気が変わったら言うんだぞ」

「うん。でもね、今度はカナンやアナンも一緒に行くし、モニカも一緒に入学するから、きっと大丈夫」

モニカは現在グラルスティール帝国に向かっているところだろう。先日もらった手紙に、そう書いてあった。モニカも一緒にテイラー学園に通えるなんて、すごく楽しみだ。

テイラー学園は制服がある。そんなにいらないはずなのに、三年間着るからと制服が十着も届いて驚いた。

女子の制服は、白色のワンピースの上に、上品な柄の入った長いブレザーを上から着用する。そして胸元にはリボンを装着するのだ。

制服自体は可愛いのだけれど、兄たちが学生の頃に見た女子たちは、個性を出すために派手ではないアクセサリーでアレンジしていたのを思い出す。男子の制服も上品なブレザーだけれど、こちらもタイを自由に変更できるのだが、兄たちが学生の頃に見た男子たちはネクタイ、スカーフタイプ、紐タイプ、蝶《ちょう》ネクタイなど、やはり様々だった。シオンのように何もしていない人もいたけれど。

「可愛いわ、ミリディアナちゃん！」

この時期帝都へは行かずダルディエ領に残る両親や兄たちに見せるために、入学前に一度制服を着用してみた。髪はさすがにカツラはせず自前の神髪である。カナンがハーフアップにした部分の髪を編み込んで薔薇の形を作っていた。カナンは凝り性だ。

くるくるっと回ってパパとママと兄たちにお披露目である。みんな口々に褒めてくれるので上機嫌になるのだった。

第六章　末っ子妹は平和な学園生活を送る

帝都の別邸にて、テイラー学園へ通う数日前。

「今日はアルトとバルトと三人で寝られるなんて嬉しいな。久しぶりだよね」

双子の部屋で、バルトの膝の上に横に座って話をしていた。バルトは片手にワインを持って、美味しそうに飲んでいる。

双子と三人の添い寝は本当に久しぶりだった。皇宮の近衛騎士用の寮に住む双子は、時々ダルディエ邸に帰ってきていたので、どちらか片方との添い寝は時々していたが、アルトとバルトは忙しくて、最近は揃っているところを見られないのだ。

「いよいよテイラー学園に通うミリィの顔が見たくて、様子を見に来たんだよ。知らせたいこともあるしね」

「知らせたいこと？」

その時、風呂から上がったアルトが髪を拭《ふ》きながらバスルームから出てきた。バスローブ姿は相変わらずの色気で、使用人が顔を赤くしている。

「飲むでしょ」

「ありがと」

バルトがアルトにワインを注いであげていた。本当に仲のいい双子である。喧嘩しているところなど見たことがない。バルトの隣に座ったアルトは、背中側から私の脇下に手を入れて引っ張った。

「わあ！」

バルトとアルト、二人の膝の上に仰向《あおむ》けに寝る形になってしまった。

アルトは私の顔の横を撫でながらワインを飲んでいる。もうこのままでいいかと口を開いた。

「ねえねえ、二人の彼女たちにブラジャー薦《すす》めてくれた？」

恋愛話を隠すことなく話してくれる双子には、下着の話なんかも「恥じらいを持て」なんて言わずに聞いてくれるから、つい包み隠さずに話をしてしまう。

「薦《すす》めた薦《すす》めた。胸が崩れることを防げるって喜んでたよ」

「そうでしょ⁉　やっぱりねぇ、コルセットはつらいもん」

「いや、コルセットも外せないとは言っているけれどね。一緒に使っているみたいだよ」

「ええー、やっぱりそうなんだ。コルセットのどこがいいんだろう」

「腰のラインじゃない？　みんな十分綺麗なんだけれどね。あと肉がどうとか」

「ああ、お腹の肉？　確かにそれはコルセットで抑えられるのかも」

「俺は彼女のお腹のお肉も好きだけれどね。柔らかくて触り心地がさ。ミリィはもうちょっとお肉増やしたほうがいいかな。軽すぎるから」

「去年食事量が減ったからか痩せちゃって、それからなかなか増えないの」

マグノリア学園に通っている時は、食事が通らないこともあったのだ。

「なるほどね。無理はしなくていいけれど、肉系の食事を増やした方がいいかな。ミリィは運動もしているでしょう」

「運動というか……、この前侍女がいる時に柔軟体操をしていたら、侍女に恐怖の悲鳴をあげられたの」

「恐怖の悲鳴？」

本当いうと、柔軟体操ではないのだけれどね。たぶん前世でいうならヨガの一種だろう。

「ミリィは体が柔らかいでしょう。座って首に両足を引っかけていたら、それが人間業ではないものに映ったみたい」

「あはは！　ミリィ、そんなことをしているの」

「カナンは顔色全然変えないのになぁ。他の侍女がいるときは、あれはやらないほうがいいかも。二人には今度やって見せてあげるね！」

バルトとアルトがくすくす笑っている。

「うちのミリィはいつまでも可愛いな。誰かにあげたくない」

「分かる。学園に通い出すのが心配だな。ミリィ、そういう報告は兄様たちだけにしておくんだよ」

「うん」

「いい子だね。それで、さっき知らせたいことがあると言ったでしょう。その話なんだけれど。テイラー学園に剣技の講義があるのは覚えているよね。騎士を育成する上で近衛騎士から指南役を出していてね。俺たちも時々指南役で学園に行くことが決まったんだ」

「本当⁉　学園でも会えるの？」

「そうだよ。指南役は交代だから頻繁にではないけれどね」

「それでも嬉しい！」

指南役という役割があるのなら、堂々と学園で身内に会っても変ではないし恥ずかしくもない。

なにより、双子に会えると聞いただけで嬉しい。

「それとね、懸念点があってね。どうにもテイラー学園で変なことが起きているみたいなんだ」

「……変なこと？」

「天恵じゃないのかと思うのだけれど。笑顔が奪われている人がいるんだってさ」

「笑顔を奪う天恵？」

「まだ調査中だからね、他言無用なんだ。みんながみんな奪われるわけじゃない。どういう理由かも分かっていない。ただミリィは笑顔が可愛いでしょう？　奪われるのは困るんだ。だから注意してほしくて」

ええ、何それ怖い。笑顔が奪われて笑えなくなるってことだろうか。

「注意ってどうすればいいの？」

「ちょうどミリィは無表情の練習をしていたよね。あれが使えそうだよ。今のところ分かっているのは、よく笑う子が狙われているみたいなんだ。だから笑っているところを見られて、この笑顔が欲しいと思われて、取られる。たぶん、そんな感じじゃないかと思うんだ」

「笑ったら駄目なのね？　ずっと無表情でいればいいの？」

「そうだよ。今まで練習してきているし、ミリィの無表情の練習の成果を見せるところだね」

「わかった！　頑張る！」

何やらミッションのようだが、誰がその笑顔を奪う天恵なのか分からないというので、気を付けるしかない。気合を入れなおす。

「そうそう、笑顔を奪われた子の名前、一人聞き出したんだ。何だったかな？　バルト」

「確か次の五年生で、ウェルント伯爵の息子だったと思う」

「そうだった。とにかくその子みたいにならないためにも、無表情だよ。いいね？」

「うん。アナンとカナンにも教えていい？」

「いいよ。三人で無表情を頑張るんだよ」

「うん。あ！　あとね、モニカにも言っていい？　モニカがね、明日ミリィに会いに来てくれるの。モニカも笑顔が奪われたら嫌だから、教えたい」

双子は顔を見合わせた。

実はモニカがグラルスティール帝国の帝都に到着したと、今日連絡があったばかりだったのだ。

「モニカ皇女か……言うのは構わないけれど、それなら明日は俺らも残った方がよさそうだね」

「そうだね」

「……？　二人がいてくれるのは嬉しいけれど、明日は彼女とデートだって言っていなかった？」

「そうだけど。明日、モニカ皇女はいつ来るの？」

「午前中よ。昼食とおやつを一緒にして、おしゃべりするんだ！」

「だったら大丈夫。俺らもデートは昼からだから。午前中にモニカ皇女への話は終わらせるよ」

その後も、双子とわいわいとおしゃべりをした後、私たちは仲良く就寝した。

次の日、数年ぶりのモニカがダルディエ邸へやってきた。双子と一緒にお出迎えをする。

「ミリィ！」

「モニカ！」

互いに満面の笑みで抱き合う。久しぶりに会えて嬉しい。

元から可愛いモニカは、成長して妖艶《ようえん》な雰囲気を持つ美女に成長していた。背も高くなり、なかなか縦に伸びない私より頭一つ分くらい背が高い。

相変わらず『忍』を連れているが、彼らはいつも通りダルディエ邸では姿を現してもらっている。

それと、モニカは見知らぬ男性を連れていた。モニカと似たような容姿と雰囲気を持つが、モニカの兄のエグゼではない。モニカより背が高く、モニカに似た妖艶《ようえん》な美形である。

「ギゼルよ。わたくしの犬なの。ギゼル、挨拶なさい」

「……トウエイワイド帝国第六皇子ギゼルだ」

「同い年だけれど、属性は一応、わたくしの兄ね」

犬なのか兄なのか、よく分からず瞬いてしまう。ギゼルは不機嫌そうに見えるけれど、『犬』扱いに怒っているのでは？

モニカが詳しく話してくれたことによると、ギゼルはトウエイワイド帝国の皇帝の第三妃の子。

モニカは第一妃の子で、エグゼも第一妃の子。モニカの父である皇帝の子は、モニカ以外は全員男性だという。うちと同じである。母違いの兄も含めて、モニカには兄が八人いるという。

トウエイワイド帝国では、母の身分が子に影響あるらしく、第三妃は身分が高くなかったことから、ギゼルも皇子としては扱いが雑だったらしい。

モニカは、母が違う兄ギゼルと小さい頃は接点がなかったようで、庭先で泣いていたギゼルを最初は兄だと知らずに拾ったらしい。しばらく遊び相手として部屋で遊んでいただけだったけれど、ギゼルがモニカに懐いてしまい、それからはモニカについて回る犬と化したとか。

グラルスティール帝国へ留学するというモニカが行くなら俺も行く、とついてきてしまったらしい。そして、そのギゼルに、なぜか私はすごい視線で睨《にら》まれている。

「わたくしのミリィに、そんな視線を向けないの！」

「だって！　モニカがいつもミリィ、ミリィって言っているから！」

「犬のくせに嫉妬なんて。最近反抗期なの？　国に帰らせるわよ！」

「なっ！　俺が帰るならモニカも帰ることになるんだからな！」

「わたくしを脅す気!?　なんて生意気な！」

「俺を追い出そうとするからだ！　飼い主は犬の傍《そば》にいるものだろう！」

モニカの犬呼び、お互いに了承しているんですね。会話がカオス過ぎてついていけない。

どうやらモニカの留学については、同い年とはいえ、ギゼルという兄が付いて行くことが条件で許可が出たらしい。ギゼルもモニカと一緒にテイラー学園に通う予定だという。

「えっと、ギゼル皇子殿下。わたくしのことは苦手でもよいのですが、テイラー学園で同じ四年生になるのですから、できれば無視はしないでいただけると嬉しいです」

モニカといるのなら、ギゼルも近くにいることになるのだろう。近くにいるのに、無視されるのは、結構辛いものがある。すでにマグノリア学園でトラウマになっていた。

「ふんっ。別に苦手ではない！　モニカの親友というから、気に入らないだけだ」

「ギゼル？」

「うっ……、き、気に入らないが、無視はしない。俺のことも特別に呼び捨てで呼ばせてやる」

「あ、ありがとうございます？　では、わたくしのこともミリィとお呼びください」

ギゼルはモニカの殺すような視線にタジタジになりながら、上から目線で私に言った。たぶん、ギゼルは悪い子ではない。ただシスコンなだけだ。見ていたら分かる。

「ごめんね、ミリィ。ギゼルの躾《しつけ》は済んでいるから、今後は礼儀正しくするはずよ。今日は虚勢を張っているだけ。そうよね、ギゼル。今後はいい子にしているわね？」

ギゼルは若干青い顔でモニカを見ながら頷《うなず》いた。

「ほらね。ミリィ、心配しないで。ギゼルに無視なんてさせないから。いったい、どうしてそんな発想になったの？　ミリィを無視なんてするはずないのに」

「え、えっと……」

そういえば、マグノリア学園で無視されていました、とモニカに手紙で伝えていなかった。

双子に、玄関先で話さずに部屋へ移動しようと提案され、その後応接室に移動した。そして、昼前なので、紅茶と軽いお菓子でお茶会をしつつ、会話を再開する。

あまり言いたくはないものの、無視されていた話をしたところ、モニカが爆発した。そして『忍』に始末を指示したので、慌てて私は口を開いた。

「無視していた子たちは、テイラー学園には来ないから、もういいの！　お願いモニカ、落ち着いて」

先日エメルが教えてくれたのだ。私を無視していたナナリーは、あの後テイラー学園の一般入試を受けたらしいが、合格しなかったらしい。どうやって調べたのか謎だけれど、エメルが調べたようだから間違いないだろう。少なくとも、テイラー学園でナナリーと再び一緒に学ぶことはないようだから、ほっとしている。

それに、マグノリア学園とは違い、テイラー学園では一応社交界の貴族のルールが適用されると聞いている。

グラルスティール帝国の王侯貴族の場合、知り合いでもない身分の低い人が高い人に、突然話しかけてはいけない、という暗黙のルールがある。もちろん一般連絡、業務連絡、伝言の類はまた別であるが。

ダルディエ公爵家は四大公爵家の一つであり、帝国の中では我が家より高い身分というと皇族のみ。同じ身分は四大公爵家のみ。それ以外はみな我が家よりは身分が低いのである。

これが社交界なら、低い身分の人が高い身分の人と知り合いになりたければ、仲介者を挟むのが一般的だ。仲介者はまず高い身分の人に伺いをたてるのだ。「低い身分の人が高い身分の人に紹介してもらいたいと言っているけれど、紹介させていただいてもいいですか？」と。かなり回りくどいが、これがルールなのである。

ただ一度紹介してもらえれば知り合いとなるので、それ以降は失礼にはあたらないのだが。

そして、テイラー学園でも、その貴族のルールは適用されると聞いているが、社交界より緩いとも言われている。社交界より緩いテイラー学園に通っている間に、高い身分の人とたくさん知り合っておこう、とみんな思うらしい。

そういえば、兄たちがまだテイラー学園に通っていたころ、何度も私は見学していたけれど、兄たちは親しそうな友人がたくさんいたのを思い出す。きっと貴族のルールのやりとりを、通過した付き合いだったに違いない。

「テイラー学園では、ミリィをダルディエ公爵家の娘として見る人が多いはずでしょう？　モニカもいるし、無視はされないだろうと思うの」

「もう！　ミリィは甘ちゃんなんだから！　わたくしが見てあげないと駄目ね！」

「うん、モニカが見ていて」

モニカが近くにいてくれるだけで心強い。

「それでね、実はテイラー学園で変な事件があっているみたいなの」

双子に聞いた「笑顔を奪う天恵」の話をする。ちなみに、天恵のようなものはトウエイワイド帝国にもあるらしい。トウエイワイド帝国では『天恵』とは言わず、『星の力』というらしいのだけれど。ただ、私が動物遣いという天恵持ちだとは、モニカには今のところ内緒にしている。

「星の力に、笑顔を奪う力なんていうのは聞いたことがないわ」

「そんな面妖《めんよう》なものが、この国にはいるのか？」

モニカとギゼルが揃って眉を寄せた。

アルトがそれを見て口を開いた。

「それについては、俺たちが説明するよ。ミリィ、今の内にアナンとカナンを連れておいで。顔合わせをしておいたほうがいいでしょう」

「え？　うん、わかった。呼んでくるね」

モニカに手紙でアナンとカナンもテイラー学園に一緒に行くとは伝えていたけれど、改めて紹介しておいたほうがいいだろうと、アルトに頷《うなず》いた。

部屋を出て、私の部屋にいるであろうカナンをまず迎えに行くが、途中で、よく考えたら、使用人にアナンとカナンを呼んできてもらえばよかった、と思う。でも、まあいいか、と二人を呼びに行く。そして、アナンとカナンを連れて戻って来ると、「笑顔を奪う天恵」の話はモニカとギゼルに済んだようだった。

「事情は分かったわ。ミリィはわたくしが守ってあげるから！」

「ありがとう？」

どうやら、モニカは双子の説明に納得したようだ。

「でも、モニカもミリィと一緒に気を付けるのよ。みんなで無表情を頑張って、笑顔を取られないようにしましょう」

「分かっているわ。あと、これ以上ミリィが騙《だま》されないように見張っているわ」

「騙《だま》される？　これ以上って？」

「ううん、それはこっちの話。ミリィは、わたくしたちに近づく悪い人を、あしらう練習もしなくちゃね」

何の話か分からず、首を傾げる。

「悪い人？」

「テイラー学園って、社交界の縮図みたいなところでしょう。わたくしは皇族だし、ミリィは公爵家なわけだから、それを利用したいと企む人だって、テイラー学園にいるはずよ。絶対に下心ありありなんだから。ずる賢い人ってたくさんいるのよ。アメをあげるからついてきて、って言われても、ミリィはついていっちゃ駄目よ？」

「ついていかないわ!?」

なんだか私の評価がおかしいことになっている気がする。

「ケーキは？」

「ついていかないったら！」

「栗」

「……ついていかないもん」

モニカ、いくらなんでも栗だからって、ついていきません。私はどれだけ幼子なんだ。なのに、モニカが私を疑う目で見ている。どうして。

「やっぱり練習をしましょう。こっちに来て」

立ったモニカに手招きされ、モニカの横に立つ。

「いいこと、わたくしの真似をするのよ」

「うん……」

何をさせられるのかと、モニカを凝視する。モニカは仁王立ちをした。

「わたくしに気安く話しかけないで！　頭《ず》が高いのよ！」

「わ、わたくしに気安く話しかけないで！　頭《ず》が高いのよ？」

私はモニカのマネをして仁王立ちで言った。

「跪《ひざまず》いて、頭《こうべ》を垂れなさい！」

「跪《ひざまず》いて、頭《こうべ》を垂れなさい！　……これ、誰に言うの？　誰も近寄らなくなるよ？」

「それが目的なんだから、いいじゃない」

ちょっと私は言えない気がする。そういえば、最近読んだ本に、悪役王女がこういうセリフを言っていたのを思い出す。

そして双子は何故か大爆笑している。

「あははっ！　そういう感じのミリィも可愛い！　……けれど、さすがにそれは対応が間違っているかな？」

「どうしてよ？」

モニカがムッとして双子に言った。

バルトが手招きするので、私はその傍《そば》に行き、バルトの太ももと太ももに挟まれながら座る。

「確かに今の対応なら、引いて近寄らない人もいるだろうけれど、別の引っかけたくない人種が引っかかるね」

「引っかけたくない人種って？」

「そういうセリフにゾクゾクとして、もっと言ってほしいと思う人種かな。モニカ皇女は美人だから、まだそっち系に目覚めていない人種も余計に目覚めさせそう」

「そうそう。テイラー学園に通うのが良い家柄の坊ちゃんばかりと安心していては駄目。人には言えない趣味を持つ子もいるから、煽らないように」

「……」

押し黙ったモニカは、ソファーに座ってから口を開いた。

「じゃあ、どうするの？　ミリィに近寄ろうとする人は絶対いるわよ」

「そこはカナンとアナンが対応するよ。二人に任せていればいい。話しかけられて、返したくない場合に対応するのも付き人の役目だよ。ミリィが話しかけられて話したくないなら、黙っていること。代わりにカナンが対応するからね」

「う、うん。分かった」

「力技でどうにかしてこようとする相手なら、アナンが対応する。モニカ皇女にはギゼル皇子がついているから、ギゼル皇子が対応してくれるよね」

「も、もちろんだ！」

ちょっと頼りないけれど、ギゼルが力強く頷《うなず》いた。

それから、モニカにアナンとカナンを紹介する。

「ふーん、護衛と侍女ね。まさかミリィの親友だなんて言わないわよね」

「まさか！　私はお嬢様の手となり足となり、火の中でも水の中でも、お嬢様のために飛び込む所存です！」

「いい心がけね！　あなたは？」

「俺ですか。俺はお嬢の暴走は止められないので、外部からやってくる羽虫にのみ対応します」

「まあ、いいわ。頑張りなさい」

誰か、私は暴走なんてしないと言い返してくれませんか。

なんとか一緒にテイラー学園に行く五人の顔合わせは済んだ。今度の学校はうまくいくといいな、と少しだけ緊張するのだった。


テイラー学園に初めて通う日、制服を着た私たちは、アナンとカナンとダルディエ公爵家の馬車に乗り、テイラー学園に向かった。テイラー学園は兄たちのように寮住まいの人が多数だけれど、私は一人寝ができないので、アナンとカナンを含め通い組だ。

テイラー学園の馬車停留所に到着すると、偶然モニカとギゼル兄妹に会った。モニカは帝都に屋敷を購入したそうで、現在そこにギゼルと住んでいる。モニカの兄エグゼが留学していたころは、屋敷は持っていなかったので寮だったらしいのだが、唯一の娘のモニカのために、今回は屋敷の購入に至ったらしい。

そのモニカは、屋敷を買ってくれた太っ腹なパパ、つまりモニカの父の皇帝のことを怒っている。なぜかというと。

「どうしてたった一年で帰らなくちゃいけないの？　一度帰って顔を見せなさいなんて、トウエイワイドまでどれだけかかると思っているのかしら。夏休みだけで行って帰ってくるなんて、まず無理じゃない。十日に一度は手紙を出せって言うし、わたくしは暇じゃないのに！」

モニカはとりあえず四年生の一年間留学をして、その後の夏休みに一度帰国して、元気でやれていたのか顔を見せる必要があるようだ。モニカが一年で一度いなくなるのは寂しいけれど、大事なモニカの顔を見たいという親心は分かる。

「モニカは寝る時どうしているの？　ギゼルがお話をしてくれるの？」

モニカも私のように寝るときは、誰かが傍《そば》にいて話をしないと寝られないのだ。

「やだ、ミリィったら。もうわたくし、そういうの去年卒業したのよ」

得意げに言うモニカに、尊敬の視線を送る。

「えぇ!?　モニカったら、大人！」

「そうでしょう！」

「ミリィは無理。お兄様がいないと、まったく寝られないの」

「ミリィはまだまだお子様ね！　でも、ミリィはお兄様じゃなくても誰かいるなら寝られるでしょう。だから、わたくしとお泊まり会とかしましょう！」

「モニカがいるなら、寝られるわ！　お泊まり会、いいわね！」

そんな話をしながら、私たちの教室に入る。

一応、テイラー学園としては四年生ということになるが、女子が入学する年ということで、四年生のみで入学式もある。今年の四年生は全部で三クラスで、私とアナンとカナン、モニカとギゼルは同じクラスだった。

ちなみに、他国からの留学生だが、入学試験はないけれど、テイラー学園に留学するのは狭き門らしい。自国の中で優秀で、国から留学許可がもらえないと留学できない。つまり、その留学生は優秀ですよ、と元の国の保証を得る必要がある。毎年、どの国も留学人数は限られるため、テイラー学園に留学してくる人は、狭き門を勝ち取った優秀者ということなのだ。だから、モニカとギゼルも優秀ということになる。

入学式が終わると、実は同じクラスだったラウ公爵家のルーカスが話しかけてきた。もうすぐ昼食の時間で、今日の講義は午後からなのだ。

「ミリィ、入学おめでとう。同じ教室にいるミリィがなんか新鮮」

「ありがとう、ルーカス。これからよろしくね」

「おう。ところで、ミリィの友達？　紹介してくれないかな」

ルーカスがモニカたち全員を見て言った。ルーカスのこの言葉こそ、いわゆる簡易的な貴族のルールの紹介である。

「うん。モニカ、彼はルーカス・ル・ラウ公爵子息よ。ミリィの友達なの。紹介してもいい？」

「友達？　……まあ、よくってよ」

「ルーカス、彼女はモニカ・リィル・トウエイワイド皇女殿下よ。ミリィの親友なの。モニカの横にいるのは、モニカの兄の――」

ギゼル、アナン、カナンをそれぞれルーカスに紹介する。

「ミリィの親友なら、俺のこともルーカスと気軽に呼んでくれて構わないよ」

笑ってモニカと握手しようと手を出すルーカスに、モニカはルーカスの手を一瞥《いちべつ》しただけで握らなかった。

「あなた、わたくしのミリィと友達とのことだけれど、親友だなんて言わないわよね？」

毎度親友なのかを確認するモニカ。

「え？　親友かどうか？　どうだろ、俺らって、結構仲はいいよな？　一緒に住んでたこともあるし――」

「はぁぁあ？　一緒に住んでたって、どういうこと!?　聞いていないわ！　まさかミリィのことを好きだなんてことないでしょうね!?」

「痛い痛い、何で急に首を絞める!?　って、分かったって、それ以上首元を絞めるな！　親友じゃないです！　ミリィとはただの友達です！」

ルーカスのネクタイを締め上げていたモニカは、その言葉を聞いて力を緩めた。ルーカスは絞められたネクタイを緩めて息を吐いている。ルーカスは家の習わしで、一年間だけダルディエ領の本邸に住んでいたことをモニカに話した。

「それならそうと言いなさいよ。一緒に住んでいただなんて、紛《まぎ》らわしい」

「紛《まぎ》らわしい、って本当のことを言っただけなのに……」

ルーカスはげんなりとした表情でぶつぶつ言っている。

それから昼食の時間ということで、ルーカスが私たちを食堂に案内してくれた。食事に関しても、モニカたちに説明をしてくれる。

私たちはそれぞれ昼食を頼み、みんなでテーブルに着いた。私はあまり大きくない子牛のステーキと野菜が付いた一枚プレートを頼んだ。

「ミリィ、食堂慣れしてるな。俺が教えることないよ」

「ここで食事は何度もしているもの」

「そうだったな」

兄と一緒にいたいがために何度か学園の見学に来ていた時、ルーカスと会っているのだ。

食事をしていると、なんだか私たちが周りから見られているのに気づいた。

「ねえ、何か見られていない？　ルーカス何かした？」

「何で俺だよ。ミリィの方だよ、見られているの」

「どうしてミリィが？」

「そりゃあ、ダルディエ公爵家の子息たちって有名だから。有名な兄たちの妹の初顔見せだよ？　みんな興味津々なんだ」

「えー……」

「ダルディエ公爵家の兄妹って、どれだけ有名か知ってる？　それはそれは見目麗しい兄たち、その長男たるディアルドさんは、次期公爵の妻の座を狙っている女性たちが婚約したいと列を成しているって有名だよ。ジュードさんは女性より美しいって評判だし、シオンさんは孤高の一匹狼なところが魅惑的らしい。アルトさんやバルトさんと一度でいいから恋人になりたいって女性が列をなしてるとか。エメルさんは皇太子殿下の右腕として有名だし。その兄たちが溺愛する末の双子はどんな人なのかって、みんなの想像力をかきたてるんだろう」

「ミリィは双子ってことになっているの？」

「男装していたお前の設定でしょ？　噂を否定しないから双子って見事に信じられているようだね。ミリィが昔見学に来た時に、あの人がダルディエ公爵家の末っ子の男の方か、って噂になってたよ。今でもそれを覚えている人がいるからね」

　こんなところに影響が残っているとは。

「知らないふりしておいてね」

「分かってる。ミリィはここにいる間は面倒みてやるから。妹みたいなものだし」

「……ルーカスが弟でしょう」

「は？　俺が兄だよ」

「ミリィは弟が欲しい！」

「俺は妹が欲しい！　もう姉はいらない」

姉がいるくせに、姉がいらないとは、どういうことだ。

しかし私が頼りないことは分かっているので、ここは引き下がっておく。

「じゃあ、そんな兄であるルーカスにもう一つ聞きたいことがあるの。五年生にウェルント伯爵の子息っている？」

「いるよ」

「その人の笑ったところって見たことある？」

「いや、あの人は笑わないよ。人形って有名だし」

「そうなのね⁉　やっぱり気を付けなきゃ」

「何を？」

無表情をするという双子の任務は始めたばかりだ。笑顔を奪う天恵がいるかもしれないということなのだ。笑顔を奪われたらしいウェルント伯爵の子息が実在することを聞き、より一層気を付けようと気を引き締める。だからモニカたち全員で無表情を頑張ります。

私はきょろきょろと事情を知るモニカたち以外が近くにいないことを確認して、ルーカスに耳打ちする。

「ルーカスも笑ったら駄目なのよ。気を付けて！」

「は？」

双子が調査中で他言無用だと言っていた。だから大きい声では言えないのだ。

その後、午後に最初の講義を受けた。

曜日によって講義は違うが、大まかには男女混合の講義と男女分かれての講義がある。剣技の講義なんかは男子のみだ。女子は他に講義がなければ男子の剣技の見学もできるが、女子は女子で教養やマナー、社交術の講義があったりする。アナンは私の護衛なので、私が女子のみの授業の際はついてくることになっていた。アナンが私の護衛である件は、学園側と交渉済みなのだ。

そんなこんなで、テイラー学園の四年生初日は、平和な一日が過ぎていった。


テイラー学園に通いだしてから、一ヶ月が経過していた。学園生活は、思ったより順調だった。

まず、私たちに話しかけようとする人が少ない。なぜかというと、いつもモニカが近寄ろうとする人に『近寄るなオーラ』を発しているからだ。大抵はモニカの雰囲気に呑まれ、空気を読んで、さーっと避けて通り過ぎてくれる。

モニカの態度に空気を読まずに近寄って来る人は、カナンやアナンが私たちの代理で言葉を交わす。つまり、私たちは話に加わらない。

それでも、時々ルーカス経由で私たちと話したいと言ってくる人もいるけれど、モニカがきっぱりと断っている。

おかげで、同学年では、いつも私たちは五人でいるか、ルーカスが時々加わるくらいで、知り合いが増えないのだった。

それが、結構私の心の平穏を保っている。やはり去年のマグノリア学園でのトラウマは簡単には消えないらしい。今まで友達が欲しいと思っていたのに、最近はこれ以上いらないかも、と思いつつある。モニカがいれば楽しいし、アナンやカナンは気心知れて楽なのだ。

そういえば、一度、マグノリア学園で一緒だったクロエとすれ違ったため、言葉を交わした。クロエは私とクラスが違うのだ。テイラー学園の教授に、薬草に詳しい人がいるらしく、その先生の研究に加わらせてもらっていると言っていた。なんだか楽しそうにしていたので、クロエはテイラー学園に入学できて、本当に良かったと思う。

ある日、モニカたちと教室の移動のために、渡り廊下を歩いていた。遠くに知った顔を見つけ、私は手を振った。

「ノア！」

「……ミリィ」

アカリエル公爵家の長男ノアが、男の友人を三人連れて向こうから歩いてきている。ノアは私より一学年上なので、五年生である。

ノアは私の前まで来ると、友人たちに振り返って言った。

「ごめん、先に行っていて」

「え？　何だよ、俺たちを紹介――」

「紹介はできない。いいから、先に行っていて」

「怖っ！　怒った顔するなって。分かった、先に行ってるよ」

ノアは遠ざかっていく友人たちに冷たい視線を送っている。

「怒っているの？」

「うん？　いや、ごめん。怒っているわけではないのですよ。ミリィに近づけさせるわけにはいかないから、彼らを遠ざけさせたかっただけです」

友人に対するのとは口調が変わり、いつもの口調になっている。私が知るノアだった。

ノアは成長して、元からイケメンだったけれど、かなりの美形に成長していた。そして、実は氷の貴公子と裏で呼ばれているのを知っている。

「それって、どういう意味？　ミリィのことが好きだからとか言わないわよね？」

今度はノアに圧をかけるモニカ。

「えっと……」

「ノア、彼女はモニカ。トウエイワイド帝国の皇女で、ミリィの親友なの」

「そうなんですね。モニカ皇女殿下、アカリエル公爵家のノアです。ミリィとは友達ですよ」

「ふーん？」

モニカの視線を気にすることなく、ノアは私の方を向いた。

「ミリィが入学してきてから、何人かにミリィを紹介してと言われたんです。でも、そんな気はないので、心配しないでください」

「ありがとう？」

「紹介してと言われるたびに、いつかはうちのオーロラがミリィのように男たちから紹介しろと言われるんじゃないかって、気が気ではなくて」

「……ん？」

「後ろにいるの、ミリィの侍女と護衛ですよね。うちも今から用意しておいたほうがいいかな。

オーロラは可愛いから、心配です」

「……」

どうやらノアは、私を通して、未来のオーロラを心配しているらしい。シスコンが仕上がっている。

「そうね。オーロラはとっても可愛いから、侍女と護衛は必須かも」

「そうですよね。ありがとうございます。今から探しておこうと思います。そうだ、もししつこい男とかいたら、俺に言ってください。処理しますから。ミリィのことはオーロラだと思って、助けますからね」

「あ、ありがとう?」

「美味しいケーキを食べに行こうと言われても、ついて行っては駄目ですよ」

「行かないわ！　どうしてみんな、ミリィがそういうのについていくと思っているの⁉」

納得いかないのですけれど。

「うちのオーロラはついていきそうですから、ミリィもそうかと。とにかく油断しては駄目ですからね」

ノアは私に念押しして去っていった。私の評価がおかしい。お菓子をくれるのが兄たちなら喜んでついて行くけれど、いくらなんでも知らない人にはついていったりしない。

ノアとそんなこともあったけれど、今年の私は平和だった。

あっという間に冬休みがやってきて、今年の冬休みは、ダルディエ領にモニカとギゼル兄妹を招待した。ギゼルは最初こそ私に嫉妬していたようだけれど、モニカに逆らう気はないようで、私とも普通に話をしてくれる。まあ、基本、私とモニカが話をしているのを聞いているだけ、という感じだけれど。

この冬、嬉しいことを報告された。ディアルドとカロディー家のユフィーナの婚約が決まったのだ。

ディアルドとユフィーナを引き合わせて以降、ユフィーナは積極的にディアルドにアピールしたらしい。「ミリディアナ様のお陰です！」とユフィーナは言うが、ユフィーナ自身が頑張ったお陰だと思う。

ディアルドがユフィーナを見る目が柔らかくて、私まで嬉しくなった。結婚式はまだ先になるが、これから準備が大変だと思う。けれどユフィーナは幸せそうで楽しそうにしているし、パパやママが助言をしているようだし、心配はない。

冬休みが明け、帝都に戻った私は、再び学園生活に戻る。

勉強したり、モニカたちと遊んだりと、充実した日々を送る。

社交シーズンとなり、両親や上の兄たちが帝都へやってきた。

実は今年、私は社交界デビューを予定している。

グラルスティール帝国では社交界デビュー、つまり一人前の女性と認められる儀式がある。貴族の令嬢は十五歳から二十歳ほどまでには一般的には社交界へデビューするのだが、その儀式というのが皇帝夫妻への謁見《えっけん》である。一年に一度、秋にある宮廷舞踏会がそれにあたるのだが、国中のデビューを予定している令嬢たちが大勢謁見《えっけん》する。それは皇帝夫妻にとって大変な作業である。なので、皇帝夫妻との謁見《えっけん》は、令嬢が一礼して終わり。これだけだ。これだけといっても皇帝夫妻にとっては大変な作業であるが。基本的には皇帝夫妻に声をかけられることはない。

皇帝夫妻の謁見《えっけん》が全て終わると、その日の主役であるデビューした令嬢たちがダンスをする。もちろん男性のパートナーが必須なため、令嬢たちはその日までに相手を見つけなければならない。

とはいっても、婚約者がいるなら婚約者、いなければ兄弟、もしくは若い親戚。婚約者のいない令嬢も多いため、兄弟が同伴となるパターンが多い。

デビューする令嬢は、必ず最初のダンスを踊らなければならない。そして四曲目まではデビューをする令嬢のための時間となっており、ダンスが好きで相手がいるなら、四曲目までは踊ることができる。また二曲目から四曲目までは男性を変更して踊ることができるので、曲が終わると同時に次のダンスを誘われる令嬢は鼻高々だったりするらしい。デビュー前から有名な令嬢や人気のある令嬢は、彼女らと踊ろうとする男性が曲の終わりですぐに誘える位置を争っていたりするというから、令嬢側も男性側も意外と大変だと思う。

五曲目からは一般の招待客たちもダンスができるようになり、普通の舞踏会と同じになる。

私の場合、まだ同伴の相手は決まっていないが、兄たちのうちの誰かになるだろう。ママは張り切って私のドレスの準備をしている。ちなみに、ドレスはアンに作ってもらっていた。有名な仕立て屋にしようか迷ったけれど、最近のアンのドレスのデザインが本当に素敵で、ママとも相談してアンにお願いしたのだ。

社交界デビューのダンスで失敗しないように、ダンスのレッスンも頑張っている。デビューは緊張するけれど、それでも楽しみな行事だった。

そんな社交シーズン真っ只中のある日。

「皇帝陛下、皇妃陛下、お久しぶりでございます」

「ミリディアナ、よくきましたね。さ、堅苦しいことはこれだけよ。今日は何を持ってきてくれたのかしら」

皇妃宮を訪ねた私とジュードとママは、お茶会という名の気楽なおしゃべりを楽しむ。いつからか、皇帝がここにいることにも驚かなくなっていた。なぜかいつもいるのだ。社交シーズンで、皇帝夫妻はすごく忙しいはずだが。

「前にティアママにお話ししたトランプのことを覚えていらっしゃいますか？　今日はトランプで遊べるゲームをお教えしますわ」

ジュードを一緒に連れてきたのは、一緒にゲームをしているところを見てもらうためである。

「ええ、覚えていますよ。楽しみだわ。前に教えてもらったオセロは今でもこの人とするのよ。なかなかいい勝負なの」

「そうそう。私と六対四で、私の方が勝利率が多い」

「あら？　六割勝っているのは、わたくしだと思うのだけれど」

ふふふふふ。

うん、一瞬ぴりっとした空気。相変わらずな夫妻である。これでいちゃついているらしいので、わかりづらいが。私は慣れたので、もう動揺したりしません。

「トランプは手数が分かってしまうので、本当は三人以上で勝負するほうがよいのですが、二人でもできます。今日はババ抜きと七並べをお教えしますね」

七並べは、ダルディエ家の兄妹でいまブームなのである。冬休みにはモニカとギゼルも交えて勝負をして楽しかった。

ジュードと二人でやってみせて、それから皇帝夫妻とママと五人で勝負をし、なかなか盛り上がった。勝負後はおしゃべりを楽しみ、それからダルディエ邸へ帰宅した。

それから五日ほど過ぎたテイラー学園が休みのその日は、帝都の街のカフェでモニカとお茶をする予定になっていた。ただ、モニカと待ち合わせの時間よりは、かなり早めに出てきている。なぜかといえば、帝都の街をウロウロするのが息抜きとなって楽しいからだ。侍女のカナンと護衛のアナンも連れている。

帝都はグラルスティール帝国の最大の街なだけあって、人の数も多い。人間観察が好きなので、カフェでカナンとお茶をしながら、行き交う人の様子を見るのも楽しいのだ。それに、好みの男性を見つけると、テンションが上がる。内心、あの人素敵だな、と思うと、横でカナンが「あの人、お嬢様の好みでしょう」と言う。なんで分かるんだ。咳払いして誤魔化しておく。

ふと、カナンの思う私の好みが知りたくて聞いてみた。

「お嬢様の好みですか？　年上、かつ顔の良い男性。一番のお好みは強面の方ですね。あとは目つきの悪い男性。笑顔が眩しい優男もお好きのようですが、その中でもお腹に黒いものを抱えていそうな方がお好きでしょう。表面上は良い男ですが、裏で一癖も二癖もありそうな人を本能的に察知されて好きになられていると思います。ときどきその路線から外れた方を好きになっても、大抵好きでいらっしゃる期間は短いですね」

「……」

よ、よく見ているな。カナンが怖い。何も言えないではないか。

ただ腹黒は言いすぎだと思う。人は二面性があるものだもの。みんな本音と建前を抱えて生きているものである。私も内心言えないことは色々考えている。だから腹黒なんて、普通よ普通。うん。

そんな人間観察であっという間に時間は過ぎ、モニカがやってきて本格的なお茶会を楽しむのだった。

社交シーズンは終わりに近づき、私は進級試験の勉強も頑張っていた。テイラー学園は進級試験に合格しないと、五年生に上がれないのだ。毎年進級できない人も多くはないがいるらしく、絶対に進級したいので、こつこつと勉強はやっている。

それと同時に、社交界デビューのためのダンスの練習も頑張っていた。

「それでね、シオンとも踊っておきたいの。いいでしょう？」

シオンの部屋で、私はシオンの背に乗り話をしていた。そのシオンは私の下で腕立てふせをしている。

「面倒だな。いつも重しを足したいと背中に乗せられるのである。アルトやバルトと練習しているのだろう」

「だってデビューの時、シオンも踊ってくれるのでしょう？　一度くらいシオンとも練習しておきたいの」

最近、社交界デビューで私が誰と踊るのか、兄たちが話し合って決まったのである。私は一度踊ればよかったのだが、四曲全て兄たちと踊ることが確定したのだ。私はシオンが踊っているのを見たことがない。本人は踊れると言っているが、少し心配なのだ。

「お願いシオン」

「……分かったよ」

「ありがとう！」

よかった、これでシオンとも練習ができる。それにしても、腕立て伏せしながら、よく話せるな。まったく苦しそうでないのがすごい。

それから数日後。皇太子宮を訪ねていた私は、いつものようにお茶とお菓子を四人で楽しんでいた。ソロソは紅茶を入れるのが上手である。とても美味しい。

「最近、ミリィに好きな人はいるのですか？」

「え？　どうしたの、エメル。そういうの聞くの、いつもミリィの方なのに」

エメルはちらっとカイルを見て、また視線を私に戻した。

「以前聞いた時から時間が経ちましたし。あれからどうしているのかと思いまして。兄としてはミリィが心配ですから」

「そんな心配しなくてもいいのに！　でも聞いてくれる？　最近失恋が多くて」

――カシャン。

やけに紅茶カップの音が響いた。音の主を見ると、カイルがニコリと笑っている。

「俺も聞きたいな」

「そう？　アルトたちの同僚の近衛騎士でね。ちょっと目つきが鋭利なのだけれど、素敵な笑顔の人がいてね！　アルトたちに面会に行くと最近よく会うの。騎士服着ているとそうでもないのだけれど、脱いだら腕の筋肉が良い感じでね！」

「……脱いだら？」

「訓練したら暑くて脱ぐでしょう？　一般公開側では令嬢たちがいるからあまり脱げないらしくて、家族用の面会側で脱いだりしているのよね」

「それは今すぐに止めさせるべきだな」

「どうして？　汗だくなんだもの、脱げないと可哀想でしょう？」

「家族の面会側にはミリィがいるじゃないか。ミリィも令嬢だろう」

「あら！　ミリィは北部騎士団で見慣れているもの！　気にしないわ！」

あれ、ソロソが下を向いて震えている。寒いのだろうか。

「そ、それで、失恋というのは、どういうことなのですか？」

「それがねエメル、アルトが変なことを言うのよ！　せっかく素敵な人を見つけたのだもの、よく見に行っていたの。アルトに同僚の人かっこいいねって言ったらね、同僚は足が臭いとか、いびきが煩《うるさ》いとか言うのよ！　ひどいでしょう！　そんなの好きなんだから関係ないって思ったのだけれどね、よくよく考えたら、ミリィいびきが煩《うるさ》いのだけは駄目だと思って。ほら恋人になったらどうなんだろうって想像するでしょう？　いびきが煩《うるさ》いと一緒に寝られないでしょう？　安眠が邪魔されるのは大変だなーって思ったら、好きじゃなくなっちゃった。これって失恋よね？」

「……」

「最近彼に会うとね、ついこの人いびきが煩《うるさ》いのかと思ってしまうミリィがいて。ミリィってひどいのかな？　エメルどう思う？」

「全くひどくないですよ。いびきが煩《うるさ》い人には、ミリィを任せることができませんから」

「かっこいいのになあ。ジュードが貴族じゃない人とは付き合ったら駄目だと言うのよ。でもその人は貴族だし、そこは問題なかったのに」

「アルト兄上には感謝しませんと。ミリィが付き合う前に、いびきが煩《うるさ》いのが分かって良かったですね」

「そう……よね？」

「そうですとも」

そうだよね、早めに分かってよかったのだ。うんうん。

「それともう一つの失恋はね」

「まだあるの!?」

「うん。カイルお兄さまが聞きたくないなら、この話止める？」

「……いいや、聞こう」

「そう？　今度の人は貴族じゃないから、見ているだけにしておくべきか迷ったのだけれどね。つい話しかけちゃったの」

「つい？」

「話しかけると言ったら、少し違うわね。パン屋さんの息子でね、売り子も時々していて。パンをカナンに買ってもらいながら話しかける感じなの。それなら不自然じゃないでしょう？」

「……」

「その息子さん、パン屋さんにしては体格が良くてね、でも笑顔が可愛いの！　そのズレがまたきゅんとするでしょう！　その笑顔を見たくてよく通っていたのだけれど、事件が起きて」

「事件？」

「もうミリィにとっての大事件！　息子さんが男の人と裏口から出るのに気づいて追いかけたら、なんと！　男の人とキスをしていたの！」

ソロソが紅茶を噴き出した。汚いな。

「男性の恋人がいたみたいでね。これじゃあ、絶対にミリィは恋愛対象じゃないでしょう？　だから諦めることにしたの。……それとも、男の人だけじゃなくて女の人も恋愛対象なのか、確認すべきかしら？」

「しなくていい！」

「そうよね？　恋人の男の人にも失礼よね」

ああ、でも話せて失恋のモヤモヤがすっきりした。恋の話ができる友達が欲しい。モニカはまだ恋愛には興味がないようだし、私の好きな恋愛本にも興味を持ってくれなくて悲しい。

「ほ、他にも失恋はありますか？」

「ううん、最近はこのくらいしかないの。またいい人を見つけたら報告するね！」

「ありがとうございます……」

エメルはなんだか疲れた顔をしている。

「エメルは？　エメルには好きな人はいないの？」

「いませんよ」

「いつもそれなのね。カイルお兄さまは？」

「いない」

「もう！　ソロソは？」

「俺もですか⁉　いませんよ、そんな暇ないです」

「みんなつまんない」

「「……」」

妹には言いたくないのだろうか。兄の恋の話なんて、想像するだけで楽しすぎていつでもしたいのに。双子なんかは彼女とあったことを楽しく話してくれて、いつも包み隠しもしないのだが。あれは開放的すぎるのかもしれないが。

「そういえば、今日はみんなに質問があったんだった。聞いてもいい？」

「なんでしょう？」

「エメルは女の人のどこに魅力を感じる？」

「はい⁉」

「アルトとバルトに聞いても参考にならなくて。胸もお尻も両方好きとか、足もいいよねとか二の腕も好きとか。手入れされている髪の毛も好きとか、甘えてくるところが好きとか、二人は好みが広くてね。ディアルドやジュードに聞きたいけれど、もっと恥じらいを持てと言うだけだから聞けないし。シオンに聞いたら、胸やお尻は俺も持っているからいらないとか、変な答え言うの。だからエメルの意見を聞きたいなって思って」

「そ、それを聞いてどうするのですか？」

「将来的な参考にしたくて。誘惑する時の」

「「「誘惑⁉」」」

三人の声が揃った。仲がいいですね。

「もちろん、今の話じゃないのよ。まだミリィは成長途中だもの。今ならまだ育てるのに間に合うかもしれないでしょう」

「ミリィは十分魅力的だよ……」

「ありがとう、カイルお兄さま。でもミリィのお兄様たちは、みんな優しいからそう言うのよね。嬉しいけれど参考にならないのだもの」

カイルが席を立ち、私の椅子の横に膝を立てて、目線を同じにして私の手を取った。どうした？

「ミリィ、お願いだから、これ以上男性に積極的にならないでくれないか？　俺は心配だよ。ミリィがいつか辛い目に遭《あ》うんじゃないかって」

「でも恋は楽しいばかりじゃないでしょう？　辛いことだってあるって分かっているわ」

「それでも。俺はミリィが可愛いんだ。少しでも辛い目に遭《あ》ってほしくない。ミリィが泣くようなことがあれば俺は悲しい。俺をそんな気持ちにさせないでほしい。人を好きになるなと言っているんじゃないんだ。自分から突進していかないでほしいんだ。駄目かな？」

う、どうしてそんな子犬のような目で見るんだ。私が悪いことをしているような気がしてくるじゃないか。

「……わ、分かったわ。そんなに積極的には、ならないようにするね」

「うん、ありがとう。それとね」

まだあるのですか。

「好きな人ができたら、俺たちに毎回必ず報告するんだよ。何かあった時、俺たちが知らないことだったら対応が遅れるだろう？」

「……毎回？　全部？」

「全部だよ」

ぜ、全部かあ。言えないこととかも出てきそうだと思うのだけれど。

「ミリィ？　全部だよ、いいね？」

「……はぁい」

なぜかカイルの笑顔が怖い。つい返事をしてしまった。

そんな平和な日々が続いて、ついに進級試験がやってきた。難しかったけれど、頑張ったからか、私やモニカたちみんな見事合格したのだった。

ちなみに、試験の順位が張り出されていたけれど、私は八番目だった。やはりマグノリア学園とは学業の水準が違う。マグノリア学園では一番だったのに、今回も私は頑張ったけれど、さらに上がいるということだ。悔しいので、次はもっと頑張ろうと思う。

私は十七歳になった。

そして夏休みとなり、予定通り、モニカとギゼルはトウエイワイド帝国に一時帰国していった。夏休み期間だけでは、行って戻って来るのは難しいだろう。ただ、「できるだけ早めに帰って来るから！」とモニカは意気込んで帰っていった。

夏休みはダルディエ領へ戻り、いつものように兄たちと遊んで、そして夏休みが明けて再び帝都へ戻って来るのだった。

五年生となった私は、テイラー学園ではアナンとカナンと三人でいつも一緒に行動している。モニカとギゼルが国に帰ったままで、私は寂しい。けれど、私だって一年間テイラー学園で過ごしてきたのだから、環境に慣れて普通に過ごせている。

最近変わったことといえば、モニカがいなくなったからか、ルーカス経由で性別関係なく私を紹介してほしいという話が増えた。ダルディエ公爵家の私と、将来を見据えて仲良くなっておきたい、ということだろう。

私としては、去年はしばらく友達はいらないかな、と思っていたけれど、最近は環境に慣れたこともあって、少しは知人を増やすべきかもという考えに変わってきている。ただ、誰も彼もは受け入れられないので、今のところは同学年の同クラスまでで留めているけれど、現在少しずつ話す人を増やしているところだ。

五年生になって、最近一つ気になる出来事があった。一学年上の六年生の女性ウェリーナ・ル・バチスタ公爵令嬢に話しかけられたことである。

教室を移動していた時だった。

「あなたがダルディエ公爵家の娘ね」

誰だろう。

派手な容姿で大変美しいが、上から目線の眼差し。そして何と言っても爆乳。豪華な美人ではあるが、とにかく一目で高飛車なのが分かる。

「ウェリーナ・ル・バチスタ公爵令嬢です、お嬢様」

後ろに控えていたカナンが、こそっと耳打ちする。顔を見てすぐに分かるカナンがすごい。私も名前くらいは知っているが、顔は知らなかった。

ウェリーナ・ル・バチスタ公爵令嬢は、我がダルディエ公爵家と同じ四大公爵家の一つで、通称南公とも言われるバチスタ公爵家の令嬢である。

ウェリーナは横に女性を一人従えていた。

「もう一人はルビー・ル・トリットリア侯爵令嬢ですね」

だからカナンは何故顔を知っている。トリットリア侯爵家といえば、南側ではバチスタ公爵家に次ぐ家柄である。ウェリーナに比べて派手さはないものの、かなりの美人である。ルビーはウェリーナとは違い、少しはらはらとした表情でウェリーナを見ていた。

「そうですが、あなたは？」

「ふん！　聞いて驚きなさい！　バチスタ公爵家の娘ウェリーナよ！」

「そうですか。では、わたくしは次の講義がありますので失礼しますね」

私は軽く会釈すると、背を向けた。口調も態度も面倒な匂いがプンプンする。構わないほうがよさそうだと判断する。

「ちょっと待ちなさいよ！　わたくしにそんな態度を取っていいと思っているの⁉　今に見ていなさい！　いつまでもちやほやされると思わないことね！　絶対に邪魔してやるんだから！」

よく初対面であんなに高飛車に叫べると思う。関わり合いたくないと思ってしまう。

ウェリーナは去年もいたはずだけれど、私に話しかけてくることはなかった。ただ、アナン曰く、遠くから私たちを眺《なが》めるウェリーナを見かけたことはあったらしい。

ただ、遠くから私たちを見ている人は他にも多く、その他大勢の一人とアナンは認識だけしていたようだ。去年は『近寄るなオーラ』を出すモニカがいたから、ウェリーナは近寄ってこなかっただけかもしれない。

変なのに絡まれてしまったな、と思いながら、次の教室へ移動するのだった。

ある日の学園で、教養とマナーの講義を終え、教室を出たところで見知らぬ六年生の男子に話しかけられた。

「ダルディエ公爵令嬢、不躾《ぶしつけ》な真似をお許しください。よろしければ、この私にお時間をいただけないでしょうか」

胸に手をやり、丁寧にお辞儀する様は紳士的ではあるが、私は溜め息をつきたい気持ちで彼を見ていた。

最近、紹介者も通さず待ち伏せをして、急に話しかけられることが多い。確かにテイラー学園は社交界のこういったルールは緩い。人脈を広げるため、気軽に応じる人もいる。最高学年である六年生はテイラー学園へ通う期間が残り少ないため、このように半ば強引に話しかけようとする気持ちは分からなくもない。私がダルディエ公爵家の娘である以上、私と仲良くするなりしてダルディエ公爵家と繋がりを持ちたいと思う者が少なからずいるだろう、ということは覚悟している。

それでもこういった人が多くなってきて、最近少し辟易《へきえき》しているのも事実であった。

またこの彼は整った顔をしている。自分の容姿に自信があるのか、まさか断られるとは万が一にも思っていなさそうな雰囲気を感じた。

でも、残念ながら、私の好みではない。

私だってお年頃で、恋愛には興味津々である。いつか大恋愛だってしてみたい。

だから、彼が多少なりとも好みなら、少しくらい話を聞いてみようかなと思ったかもしれないが、一切心は揺らぎはしなかった。

「本当に不躾《ぶしつけ》ですね。紹介者も通さず失礼ですよ。あいにくお嬢様は応じません」

カナンが答えるのを確認すると、私は一言も発さずに横を通り過ぎようとした。しかし彼は私の前に通せんぼするように片手を出すと、再び口を開いた。当然そこには護衛のアナンが間に入ったのだが、彼はアナンのことを完全に無視しているようである。

「初めて貴女を拝見した時から、貴女のことばかり考えてしまうのです。短い一時でよいのです。どうか私に貴女とお話しをする機会をいただけませんか」

はい、でた。あなたに興味があります作戦。

最近みんなこれを使うのだ。好きですとも言っていないのに、それを匂わせるような発言をすれば、「やだ、この人私に興味あるの？　きゃー！」となると思っているのだろうか。

そんな常套句《じょうとうく》で落ちるわけがなかろう。最初の何人かはこのパターンで私も困惑したものだが、恋愛経験の少ない令嬢を甘い言葉で落とす作戦に違いないから、騙《だま》されてはいけないとバルトが言っていた。バルトは護衛のアナンから聞いて知っていたようで、私にアドバイスをしてくれたのだ。

六年生の彼のこの感じだと、無理矢理無視して行こうとしても、引き留められそうな気がする。いつもなら、あまりにしつこいとルーカスが助けに入ってくれるのだが、現在男女分かれての講義の後なので、ここにはルーカスはいない。

どうしよう、と思っている時に、ふと斜め前にいるアナンが私の後ろを見た。なんだ？　と思っていると、にゅっと腕が伸び、後ろから私を抱くように腰を引き寄せ、左手を握られた。そして頭に顎をのせてきた。

「あー、しつこい男はイライラするなあ。いい加減諦めろよ。分かっていると思うけれど、俺を怒らす前に去ったほうが良いよ。忠告は一度だけ。俺は容赦しないからね」

「レオ」

レオはアカリエル公爵家の次男である。しつこい六年生の彼はびくっとして顔をひきつらせ、去っていった。

「レオ、ありがとう」

「どういたしまして」

レオは笑って、握っていた私の左手にキスを落とす。女性の扱いに慣れているような動作に、これが私でなかったら落ちている女の子もいるだろうと苦笑する。

昔からレオは女性には優しいが少しやんちゃで、女の子と軽めに接することに長けている。アカリエル公爵夫人に似ていて可愛い容姿だが、この容姿に騙《だま》されると痛い目に遭《あ》うのだ。さっき逃げた彼は、武道や剣術、荒事にめっぽう強いレオの本性を、少なからず知っているのだろう。逃げて正解である。

レオは私の一つ下で、現在四年生。実はテイラー学園でもちょっと揉め事を起こしてしまう、有名な問題児だったりする。

「それよりアナン。ああいうのは問答無用で床に沈めていいんだぞ」

「やめてよ、レオ。あとから面倒なことになるでしょう」

「だって何のためにいるんだよ。うちのオーロラもああいうのに絡まれるかと思うと、イラっとする」

「た、確かにそれは心配ね。それより、アカリエル領から戻ってきていたのね。ノアも戻っているの？」

「いや、俺だけ先に戻ったんだ。オーロラ不足で辛くて。ただ領も落ち着いてきたから、兄上ももうすぐ戻ってくるよ」

よしよし、シスコンは健在のようである。

最近、オーロラはアカリエル公爵夫人とほとんど帝都で暮らしている。アカリエル領と帝都を行ったり来たりするのは、アカリエル公爵とその息子たちだけである。ノアやレオは学生の傍《かたわ》ら、アカリエル領での仕事も携わっているらしく、テイラー学園にいないことも度々ある。だから、私もテイラー学園でノアやレオを見かけることは少ないのだ。

レオは私の拘束を解《と》き、正面から頭を撫でだした。おかしい、私の方が一つ年上のはずだが。

「それよりさ、ミリィをアカリエル邸以外で見るのって不思議な感じがするね。制服が似合っていて可愛い」

「ありがとう。でもミリィの方が年上なのよ？　なでなでしないで」

「ああ、ごめんごめん。シオンさんのをよく見ているからか、ミリィも俺の妹のような気がしてた」

「レオには可愛いオーロラがいるでしょう。そこはせめて、レオはミリィの弟ではないの？」

「ミリィが姉なんて、ありえない」

「どうして？」

「ミリィは頼りないもん」

むっとする。レオまでこの評価はひどくないか。

「あは！　怒った？　怒った顔も可愛いよ」

からかわれている。

「それよりさ、ミリィ何か変な顔していない？」

「ひどい」

「いや、怒った顔の話じゃないよ。さっきから思ってたんだけれどさ」

レオは私の顎の下に指を入れて、顔を上向かせた。

「いつもと違うんだよね表情が。いつものニコニコ顔はどうしたの？」

「え、無表情の話？　無表情が変？」

「どういうこと？　無表情を意識しているの？」

去年からずっと双子の言いつけ通り、笑顔を奪われないために、テイラー学園では無表情を意識しているのだ。

私は辺りを見回した。うん、こっちを見ている人が多い。ここは駄目だ。

「ちょっと来て」

レオを引っ張ると、比較的人の少ないところへ移動する。

「耳貸して？」

「なに？」

背の高いレオが少し屈んでくれたため、レオの耳に手をやると顔を近づけて小さい声で話をした。

「学園内に笑顔を奪う天恵持ちの人がいるらしいの。レオは聞いていないの？」

天恵の名門と言われるアカリエル公爵家のレオが知らないはずはないのだ。レオは顔を上げた。

「うん？」

「アルトとバルトが言っていたの。だから奪われないために無表情でいなさいって」

レオがアナンとカナンの顔を見ると、二人は頷《うなず》いた。

「……ああ、思い出した。その話聞いた。領に帰ってそれどころじゃなかったから忘れてた。それで無表情でいるんだね」

「そうなの。でも最近慣れてきてね、あまり苦じゃなくなってきたの。学園にいる間だけだしね」

「うん、それはいいね。笑顔で落ちる奴を減らせるわけだね。うちのオーロラの時も使おう」

「え？」

「いいや。それより、オーロラから伝言があるんだった」

最後、何か企み顔だったレオが気になるものの、レオの伝言という言葉に思考が霧散《むさん》した。

「何かしら」

レオは私の腕に腕を絡ませて、首を傾げた。

「『ミリィお姉さまに会いたいの！　オーロラのわがままを聞いてくれる？』だってさ」

オーロラの口調と裏声で言うレオに苦笑する。

「……レオが可愛いのだけれども。またオーロラの真似をして。オーロラが怒るわよ」

「だって怒った顔が見たいんだ。オーロラのぷんぷん顔、たまんないよ？」

ときどき思う。レオの妹への愛は歪んでいる。

「オーロラにもう少し待ってって伝えてくれる？　宮廷舞踏会までは色々と忙しくて」

「ああ、社交界デビューだね。分かった、伝えておくよ。同伴は決まったの？」

「うん！　同伴はアルトなの！　その後はお兄様たちが交代で踊ってくれるのですって」

「あはは！　無表情くずれちゃってるよ、満面の笑み。ミリィが兄上たちを大好きなのは伝わったけどさ、表情戻して戻して」

はっとして無表情に戻してから、辺りをキョロキョロとする。

「大丈夫、ほとんど見られていないから。んー、ミリィの笑顔を見たら、オーロラに会いたくなっちゃった。俺、もう帰るね」

「え？　うん」

まだ午前中ですけれど。

手を振るレオに手を振り返しながら、自由過ぎるレオのシスコンの仕上がりを満足に思うのだった。

第七章　末っ子妹は社交界にデビューする

明日はテイラー学園は休みであるが、いよいよ私の社交界デビューである。だからいつもより早めに風呂に入り、カナンに髪を整えてもらうと、今日の添い寝担当のエメルの元へ行くために部屋を出た。

「あ、ディアルド！　ユフィーナ様！」

エメルの部屋へ行く途中で、これから出かけようとしているディアルドと婚約者のユフィーナに遭遇する。

「ミリディアナ様！」

「あっ、わたくし、こんな恰好でごめんなさい」

ユフィーナの前だというのに、寝間着の白いワンピースだった。

「お気になさらず。わたくしこそ、遅くまで滞在してしまい申し訳ありません」

「いいのですよ。ユフィーナ様はディアルドの婚約者ですもの。これからお出かけですか？」

「いや、ユフィーナを家まで送ってくるよ。ミリィは明日の準備はできたのかな？」

「ミリィは終わったよ。侍女たちの方が大変。明日の準備の最終確認をしていたもの。それより、ディアルド、今度連れて行ってほしいレストランがあるの！　良かったら、ユフィーナ様と三人で一緒に行きましょう」

「まあ、嬉しい！　もちろん行きましょう」

「そうだね」

ディアルドとユフィーナの雰囲気がほわっとして好きだな、と思っていると、ディアルドの後ろの廊下から歩いてくる、今日ここにいないはずの顔を見つける。

「カイルお兄さま！」

「ミリィ」

足早にカイルのところまで行き、抱きついた。学園と社交界デビューの準備のため、皇太子宮に行く時間がなく、最近カイルに会えていなかったのである。

「会えて嬉しい！　今日来る日だったの？」

「急に時間ができてね。ミリィの顔も見たかったから」

笑いあっていると、後ろからディアルドが歩いてきた。

ふとユフィーナを見ると、困惑と驚愕《きょうがく》が混ざった顔をしていた。そういえば、ユフィーナはうちにカイルがお忍びでやってくることを知らなかったのかもしれない。

「ディアルド、そちらは」

「カイル様、俺の婚約者のユフィーナです」

「皇太子殿下、お初にお目にかかります。ユフィーナ・ル・カロディーと申します。お会いできて光栄です」

「ああ、君がカロディー伯爵令嬢か。ディアルドに聞いている。急に俺が現れて驚かせただろう。すまない。……悪いが、ディアルド、あとはよろしく頼む」

「はい」

「ミリィ、おいで」

「うん。ではユフィーナ様、またお会いしましょう」

「は、はい」

うーん、ユフィーナ、戸惑っているなあ。ディアルドがうまく説明してくれるだろう。

カイルと二人でエメルの部屋に入室した。

「カイル様？　ああ、ミリィに会いに来たのですね」

「そうだ。俺も風呂を借りていいか？」

「使用人に用意させます」

風呂が用意される間、カイルは私を急に横抱きにすると、そのままソファーに座って私を膝に乗せた。

「今日は泊まっていけるのね」

「ミリィの寝顔が見たくて。最近、俺も夜まで忙しかったものだから」

「エメルに聞いているわ。ちゃんと寝てる？　疲れた顔をしてる」

「ミリィの顔を見たから疲れは飛んだよ」

カイルは私の頬にキスをする。

「とうとうミリィのデビューも明日だね。緊張はしていない？」

「今は緊張していないけれど、明日はしそうな気がするの。でもお兄様みんないてくれるって言うし、大丈夫だと思う」

秋にある宮廷舞踏会がある時期は、基本ダルディエ領にいることが多いので、兄たちもほとんど出席したことがないそうだ。ただ今回は私が参加するので、兄たちも両親もみんな帝都に揃っていた。

「明日は俺が、ミリィと一緒にいられる時間が取れない可能性が高いんだ。本当は俺も傍《そば》にいたいのだけれど」

「いいのよ。カイルお兄さまにはお仕事があるでしょう。でも謁見《えっけん》の場にはいるのよね？　顔は見られるわよね」

「そうだね。そこでミリィを見られるのが楽しみだ」

風呂の準備ができたというので、カイルは風呂へ行く。それからエメルが手招きするので、私はエメルの膝の上に座った。

「エメルも明日は一緒にいられないのよね」

「ごめんね」

「いいの。ミリィのドレス姿は見てくれるのでしょう？」

「もちろんですよ。私はカイル様の側にいるので、カイル様と一緒に見ますね。明日の同伴はアルト兄上でしたよね。その後のダンスの順番はどうなっていますか？」

「アルトの後、シオン、ジュード、バルトだと聞いているわ。でも踊った後、次のお兄様の傍《そば》で交代できるのか心配なの」

「そこは兄上たちに任せていれば大丈夫ですよ」

「シオンがね、二回だけだけど練習に付き合ってくれたの。シオンの踊ったところを見たことがなかったから、実はちょっと心配だったのだけれど、シオンすごく上手だった」

「シオン兄上は、見ただけで他人の剣筋をマネできる人ですからね。同じ見方で誰かのダンスを見て覚えたのかもしれません」

「ええ!?　そうなの？　シオンすごい」

それからもエメルと話をしていると、カイルが風呂から上がってきた。

「ミリィ」

「うん？」

「髪の毛拭《ふ》いてほしいな」

「いいわよ」

エメルが座るソファーの隣に座ったカイルの後ろに回ると、タオルで髪を拭《ふ》く。いつも綺麗に整えられている黒髪が洗ったことで崩れると、カイルは少し幼い雰囲気になる。ある程度タオルで水気を吸い取ると、カイルが手招きして膝に座れと仕草で示す。言われるがまま膝に横に座ると、カイルは私を抱きしめて頭に頬をのせてきた。

「ああ、落ち着くな。毎日ミリィを抱きしめて寝たいよ」

「いいわよ？　いつもミリィに会いに来てくれるなら」

カイルは私の頭にのせていた頬を離すと、今度は顔を覗《のぞ》き込んできた。

「……ミリィ、いいよなんて、兄様たち以外に言ってはいけないよ？」

「言うわけないわ」

「……本当かな」

なぜ疑う。そんなほいほい他人にこんなこと言うわけないだろう。

「ミリィ、学園の生活はどう？」

「今のところ順調だと思うわ」

「変な奴はいない？　例えば、ミリィに近づこうとする男とか、ミリィを口説こうとする男とか」

変な奴とは男性限定なのか。女性も変な奴に加えていいなら、最近一番面倒なのが南公の娘なのだが。とはいえ、男性ではないので、いったん外すとして。

「近づこうとする男性はいるわね。やっぱりダルディエ公爵家の名前が魅力なのでしょう」

口説こうとしているように見える男性もいるが、そんな風に見えるだけで、やはり目的はダルディエ公爵家の方だと思う。

「よし、その男の名前を教えてくれ。すぐに処分する」

「なぜ!?　仕方ないでしょう。みんなダルディエ公爵家に近づいて繋がりを持ちたいのよ。それにそういった人たちは無視しているもの、大丈夫」

「無視しても、執拗な男とかいるんじゃないのか？」

「そういった人はルーカスが間に入ってくれたりするわ。それにアナンもいるし、意外とカナンがあしらうの上手なの。だから大丈夫よ」

「ルーカス……ラウ公爵家の子息か……」

カイルは一瞬目を細めた。何でだろう。

「分かった、それは一旦置いておいて。ミリィは今好きな人はいないのかな？」

「うーん、それがねぇ。最近街に行く時間もなくて、そういう人を物しょ……見つけられていないの」

「今、物色って言おうとした⁉」

「気のせいよ」

いかん、つい本音が。好みの人を見つける遊びは楽しいのである。

「では、学園にはいないのかな？　好きな人は」

「うーん、いないかな。みんな若くて」

それにダルディエ公爵家が目当てなのか勘ぐってしまい、恋愛対象としては見られていないのだ。

「若いって……みんな同じくらいの年齢じゃないか。ミリィは年上が好きなの？」

「うん。大人の人が好き。パパくらいの年上でもいいな！」

「は⁉　何で⁉」

「何でって……包容力とか？　それに人生経験豊富そうでしょう。ミリィがわがまま言っても叶えてくれそうだもの」

「ミリィのわがままなら、俺だっていくらでも叶えてあげるよ！」

「ありがとう？」

「わがまま言ってみて」

「ええ？　急に言われても」

普段からカイルだけでなく兄たちには、わがままばかり言って甘えている気がする。

「いいから、言ってみて。叶えたいんだ」

「うーん……あ！　じゃあ、ミリィをいっぱい抱きしめて、いっぱいキスして！」

両手を広げてみせると、カイルは手で目を覆《おお》った。

「……」

「カイルお兄さま？」

カイルの反応がなくなり、カイルの隣に座っているエメルを見る。するとエメルはにこっと笑うだけだった。またそれか、私にはエメルの笑顔の意味は分からないんだぞ。

「……ミリィが可愛くて辛い」

「ええ!?　どうして」

目から手をずらしたカイルの頬が、少し赤い気がした。

「たくさん抱きしめるよ。いっぱいキスする」

「うん！　してして！」

カイルは私を抱きしめた後、おでこにキスをする。

「カイル様、ほどほどにしておいてくださいね。ミリィ、この前変なことを言っていましたし」

「変なこと？」

「ミリィは兄たちから毎日キスされているでしょう。ミリィ曰く、ミリィの顔は兄たち同士の間接キスだそうです」

「……」

「え？　カイルお兄さま嫌？　エメルと間接的にキスしているのと……」

「ミリィ」

「ミリィは男の人同士でキスしても、応援す……」

「ミリィ」

カイルの口角が上がるだけの笑顔が怖い。そんなに嫌だったのか、間接キス。怒られたくないので、誤魔化すように笑って告げた。

「わかった、今日はもうカイルお兄さまからのキスは諦めるね。その代わりミリィがキスしてあげる」

「え」

カイルの頬にキスをすると、一瞬でカイルの顔が赤くなり、すぐに抱きしめられた。顔が見えないのですけれど。照れているようだ。いつも思うが、カイルはキスするよりされるほうが恥ずかしいようである。

カイルの顔が見えないので、仕方なく横を見るとエメルがまた微笑む。

「エメルにも、あとでキスしてあげるね」

「ええ、絶対にしてくださいね」

少しだけカイルの抱きしめる腕に、力が入った気がした。


社交界デビューの日。

朝起きてからの私は大忙しだった。とはいっても、侍女になされるがままなので、私は侍女たちの言う通りに動くだけである。

昨日寝る前にお風呂に入っているのに、また朝から風呂で磨かれ、小顔になるとか肌がすべすべになるとか言われながらマッサージされる。全身ツルピカになると、今度はドレスの仕立てを頼んだアンがやってきて、着せ替えが始まり最終チェック。

食事は「絶対にドレスを汚さないでくださいませ！」と言われながら侍女に食べさせられ、緊張しながら食べるので味も分からない。髪や化粧が整えられていき、夕方直前に仕上がった時には、すっかり私は疲れてしまっていた。しかし本番はこれからである。

私の部屋の衝立《ついたて》の向こうでは、レックス商会の会頭、そしてアンの上司でもあるジュードが何か異常があった時のために控えていた。

「ジュード様、お嬢様の準備が整いました」

侍女の声の後、衝立《ついたて》の裏側から出てジュードにドレス姿を披露した。

社交界デビューをする令嬢のドレスは、白色かクリーム色だと決まっている。白を基調にしていれば、多少ワンポイント的に他の色も使っていいとはなっている。あとはデザインでどれだけ自分を綺麗に見せるかが令嬢たちが考えることだ。

今回のドレスはアンやママと相談し、全身白はもちろんのこと、デザインなんかも少し凝ったものにした。

スカートの長さについて、前が膝下で短くし、後ろになるにつれて長くなるものにした。前世でいうなら、フィッシュテールスカートのようなものである。現世では足を見せすぎるのはよくないという風習があるので、これはあまり見かけないデザインなのだが、一番短いところでも膝下なので大丈夫だろう。

胸の部分から腰の上までは変わったデザインの刺繍《ししゅう》が埋め尽くされ上品になり、胸の上から肩あたりまではシースルーにして胸元を見え過ぎないようにした。

そして髪は緩く、けれど決して崩れないように編み込み、ビジューや本物に見える花をあしらっている。私の全身では、髪の毛の造花が唯一のピンク色で色の入っている部分である。

二の腕まである白い刺繍《ししゅう》の手袋もドレスとお揃いである。イヤリングやネックレスなどのアクセサリーも、白のパールとダイヤで控えめにした。

そして今日のメインはなんといっても靴であった。ジュードに開発してもらっていたハイヒールを、私の社交界デビューで初めて表舞台で発表するのである。

私を見たジュードは、一分ほど驚愕《きょうがく》の表情をしたまま何も口にしなかった。そして立ち上がると、私の手に口づけを落とした。

「俺のミリィ。すごく綺麗だ」

兄たちに、そう言ってもらえるのが一番うれしい。微笑んで感謝を伝える。

「ありがとう、ジュード」

「……なんだか、ミリィが今日結婚でもするような気がしてきた」

「やだ！　ジュード泣かないで⁉」

確かに純白のドレスはお嫁さんのイメージである。

「結婚はまだ先よ。相手もいないのに。ジュードも素敵な恰好をしていてかっこいいわ！　ミリィと並ぶととてもお似合いだと思うでしょう。ほら、ハンカチ。涙を拭《ふ》いてね」

「ありがとう。感慨深く思えてね。一瞬で、ミリィが赤ちゃんの時からの出来事が、頭の中に流れていったよ」

「ジュードには、まだまだこれからのミリィも見てもらいたいのよ。今日だって、ジュードと踊るの楽しみなんだから」

トントンと部屋の扉を叩く音と共に、ママが顔を出した。

「ミリディアナちゃん、準備はどうかしら？　あら！　可愛いわ！　そのドレス、ミリディアナちゃんにとても似合っているわ！」

「ありがとう、ママ」

「少しくるっと回ってみてくださらない？」

ジュードの手に私の手をのせ、ジュードと一緒にくるりと回る。

「本当に素敵！　とっても可愛い！　うちの娘が一番だわ！」

「ママも素敵よ！　そのドレス、やっぱりママなら着こなせると思った！」

ママのドレスもこの日に合わせて一緒に新調したのだ。私のドレスとは形は違うのだが、スカート長さは前を短く後ろを長く、という一部分だけお揃いにした。ママのは大人の雰囲気を出すためにスカートのふんわり感は出さず、また濃いめの紺を基調としており、黒のレースで締めた大人の色気が漂う素敵なドレスである。また色は違うがハイヒールもお揃いにしており、親子で広告塔となるのである。

「ありがとう。わたくしも気に入ったわ。アンに今度別のデザインも頼みたいわね。さあ、みんながミリディアナちゃんを心待ちにしていてよ。見せにいきましょう」

「うん！」

転ばないようにジュードに支えてもらいながら、みんなの集まる談話室へ行く。

談話室では、エメルを除く兄たちとパパがすでに準備万端で集まっていた。ドレス姿を披露すると、みんなが口々に褒めてくれるので、気分も上々である。

兄たちは兄たちで普段とは違う礼装に身を包み、前世なら有名人のイケメングループとでも勘違いしそうな、豪華な顔ぶれである。

それから全員で、皇宮の宮廷舞踏会がある宮殿へ向かった。

パパとママの乗る馬車に一緒に乗りこんだ。今日のスケジュールとしては、皇帝夫妻の謁見《えっけん》、そしてファーストダンス、それからパートナーを代えてのダンスが三回。ここまで終われば、あとは自由である。

私の手には、社交界デビューの令嬢が持つことを必須とされている、白いバラの花束がある。これは謁見《えっけん》が終わるまでは、持っておかなければならないのである。

宮殿に到着すると、まずはパパとママと謁見《えっけん》へ向かう。

「ミリィ、またあとでね」

今日の私の同伴であるアルトが手を振って、他の兄たちと一緒に去っていく。兄たちの出番は謁《えっ》見《けん》の後、ダンスの時である。

謁見《えっけん》の会場が近くなると、パパが私の手を握った。

「謁見《えっけん》の間の横で見ているからね。いつもどおり、落ち着いてやれば大丈夫だ」

「うん、パパ」

パパは私の指にキスをすると、去っていった。

ママは付添人なので、謁見《えっけん》中も私の後ろで控えている役なのである。私と同じように本日社交界デビューを迎える令嬢たちが、緊張の面持ちで並んでいる。みんなママや親戚などの付添人と、軽く談笑して順番を待つのだ。

「ミリディアナちゃん、緊張していますか？」

「少しね。ママ、手を握ってくれる？」

「いいですよ。大丈夫、たくさん練習してきたのですもの」

そう、謁見《えっけん》の練習もしてきた。失敗したくないものね。皇帝夫妻だけでなく、謁見《えっけん》の間にはパパのように娘の謁見《えっけん》を見守る人や、今年デビューする人の顔を見に来る人など大勢が見ているのである。

謁見《えっけん》でやることは、デビューする令嬢が皇帝夫妻に数秒間のお辞儀をして終わりである。これだけでも一日にデビューする令嬢は多いので、すごく長い時間がかかる。

私の前の令嬢が呼ばれ、次は私の番だ。ギリギリまで手を握ってくれるママの手を、ぎゅっとする。

「ミリディアナ・ルカルエム・ル・ダルディィエ公爵令嬢、並びにダルディィエ公爵夫人」

名前が読み上げられ、ママの手を離すと、私とママは前へ足を進めた。大勢が見ている中、一瞬だけパパと目が合う。その視線は大丈夫だと語っていた。

皇帝陛下と皇妃陛下が椅子に座り、皇太子であるカイルが皇帝陛下の横に立っていた。そしてカイルから少し離れたところにエメルが控えている。カイルとエメルとは視線だけ交わす。

皇帝陛下の前に私が立ち、そしてママは私の少し後ろで控えている。

皇帝陛下にゆっくりと丁寧にお辞儀をする。そして次は皇妃陛下の前へ移動し、ゆっくりと丁寧にお辞儀をする。そして体を元に戻した。よし終わり。にはならなかった。

「ミリディアナと初めて会ったことを覚えていますよ。小さなあなたがこんなに立派な令嬢となって、わたくしも本当に嬉しく思います」

皇妃陛下が微笑みながら話しかけてきた。会話しないいんじゃなかったんかい。緊張のせいで笑えているのか自分には分からないが、なんとか微笑みを作った。

「有難きお言葉、光栄に存じます」

「今日は素敵な靴を履いているのね。今度見せてくれるのでしょう？」

「はい、お伺いさせていただきます」

さすが新しい物好きのティアママ。私とママのハイヒールを目ざとく見留めたのだ。でもここでなくても！　みんな見てるから！

それで謁見《えっけん》は本当に終わり、またゆっくりとお辞儀をするとママと共に謁見《えっけん》の間を出る。ちらっとママを見ると、笑みが返ってきた。それは変ではなかったよっていう笑みですよね!?　ティアママが予想外に話しかけてきたことで、動揺しすぎて何が何だかもう覚えていない。大した話はしていないはずだけれど。

廊下を歩きながら、もうママと話したいと思っていると、向こうからパパがやってきた。パパに抱きつくと、周りに人がいるので小さな声で声を出す。

「パパ！　上手くやれてた？　おかしなところはなかった？」

「上手だったよ。よくやった」

「そうよう、ミリディアナちゃん。とってもよかったわ」

パパの胸を離すと、両親から笑みが返ってくる。よかった、本当に大丈夫だったのだろう。ほっとする。

それから、私以外のデビューの令嬢の、皇帝夫妻の謁見《えっけん》がまだ続くので、私と両親は兄たちの元へ向かった。兄たちと合流すると、両親は知り合いとの挨拶や話があるため去っていく。

「どうだった？」

「パパもママもよくやったって言っていたから、大丈夫だと思うの」

それからティアママに話しかけられたことを兄たちに言うと、お辞儀だけで終わらない令嬢はときどきいるらしいと教えてくれた。今日も兄たちの拾った情報では、皇帝陛下もしくは皇妃陛下に話しかけられたのは、私で今のところ三人目だそうだ。父君には世話になった、おばあ様は息災かなど、たいていは他愛もないことらしいが、話しかけられた側からすると動揺するので止めてくれと思う。

私たちがいるのは、デビューした令嬢がこの後にダンスを踊る会場である。私以外にもそこかしこに初々しい令嬢たちがいた。広い会場で、二階からも一階のダンスフロアを見学できるし、少し離れたところでは後に皇帝夫妻が座るであろう場所も用意されていた。

今はジュード、シオン、アルト、バルトが私の周りにいた。少し落ち着いて周りを見渡せば、ちらちらとこちらを窺《うかが》う令嬢がたくさんいる。そういえば、うちにはまだ婚約者のいないイケメンな兄たちがいるのだった。

エメルは今日はカイルの側にずっといると言っていたし、ディアルドはユフィーナと二階から見ていると言っていた。

「みんなお兄様たちを見ているわね」

「うん？」

「お兄様たち、この会場で一番かっこいいものね」

「ああ、それはそうだね。令嬢たちがこの美貌に釘付けになるのも無理はない」

アルトの自信たっぷりなセリフが清々しい。

「でもなあ。令嬢以外の余計な目がこっちを見てるんだよね」

「そうそう。自分の同伴の子だけ見ていればいいのに」

「うちの子が可愛すぎるからね」

アルトとバルトとジュードが笑って周りを見ながら会話している。笑っているよね？　笑っているはずなのになぜか怖い。

「誰がこっちを見ているの？」

「ミリィ、お前は俺を見ていればいい」

シオンがいきなり前にきて、私の顎を持ち上げた。なんだ、急に。しかし、ふとシオンの顔をじーっと見ていると、改めて思うことがある。

「……シオンはパパに似てかっこいいね。もしミリィが結婚しなかったら貰ってくれる？」

「ミリィ、父上と結婚できないからって、兄とも結婚できないからね!?」

「ジュード、冗談よ。結婚できなかったら、ジュードが一生面倒みてくれるのだよね」

「そうそう。俺に任せて！」

いつもの兄たちとのじゃれ合いである。そんな冗談を言っているうちに、もうそろそろダンスの時間となる。だんだんと緊張してきた。デビューの令嬢たちは主役である。だからみんなの視線が集まるのだ。

「面白いくらいに震えているね」

今日の最初のダンスを踊るアルトが、私の手を取り言った。私の手がぷるぷるしている。

「だ、だってもうすぐかと思うと……失敗しないようにしなくちゃ」

「ミリィ。俺を見て」

アルトが私を見て言った。

「ミリィと踊るのは俺だよ。練習したし、いつも楽しかったよね。今日も楽しめばいいんだ。周りを見る必要はない。俺だけを見て。俺に任せて。一緒に楽しもう」

「……うん！」

「その調子」

それから皇帝夫妻が会場に入り、皇帝陛下のお言葉がある。それからすぐに曲が流れ出すと、私とアルトは前へ出る。アルトを向き、アルトが私の腰に手をやり、そして片方の手を合わせた。

曲に合わせて私たちは踊り出す。ステップは何度も練習した。だから完全に覚えている。

前を見ると、アルトがウインクする。キザったらしいのに、やたらかっこいいアルトに笑みを返す。ああ、楽しくなってきた。あんなに緊張したのが嘘のようだ。

アルトの誘導に合わせ、くるくると回る。そしてまたステップ。流れるように動き、すごく楽しくなった時に曲が終わりを告げる。ああ、もうアルトとのダンスは終わりだ。寂しい、そう思っていると、アルトが端へ誘導したところにシオンが立っていた。アルトが私の手にキスをし、その手をそのままシオンへ渡す。

次の曲が始まる。シオンが私の手を取り踊り出す。シオンも踊りが上手い。

こういう場が嫌いなシオンは、普段から踊ったりはしないし踊りが好きではないはずだが、私のために嫌いなものを飲み込んで、一緒に踊ってくれるのが本当に嬉しい。

くるくると回る。楽しい。本当に楽しい。楽しい時間はあっという間で、曲が終わった時には目の前にジュードがいた。シオンが私の手にキスをして、その手をジュードへ渡す。

次の曲が始まる。ジュードが私の手を取り踊り出す。

ジュードも踊りが上手で、たくさん練習に付き合ってくれた。ジュードは意外と高度なダンスも得意で、練習では途中から私を抱えて踊り出すから笑ってしまった。今日はそういった高度なことはしないけれど、とにかく一緒に踊れることが嬉しくて楽しいのだ。

ああ、もうジュードとの時間も終わりである。曲が終わると同時にバルトが目の前にいた。

ジュードが私の手にキスを落とし、その手をバルトに渡そうとした時、横から手が伸びてきた。私の手を受け取ったのはカイルだった。

（あれ？　バルトのはずだよね？）

困惑してバルトを見ると、バルトはお手上げと言いたげに軽く手を上げた。カイルが私を誘導し、最後の曲が始まると同時に踊り出した。

「カイルお兄さま」

踊りながら小さな声で言う。

「最後の曲に間に合いそうだったからね。バルトには申し訳ないが、ミリィと踊りたかったんだ。

許してくれる？」

「……許すも何も、カイルお兄さまもミリィのお兄様だもの。一緒に踊ってくれて嬉しいわ」

「ありがとう」

少し困惑したものの、もう踊り出しているので止まれない。アルトの言うように、楽しむのだ。

カイルも踊りが上手だ。私を巧みに誘導する。人がたくさん見ているにもかかわらず、いつも無表情のカイルの口角がわずかに上がっている。私と踊って楽しいと思ってくれているのだろう。

「いつも可愛いミリィだけど、今日は特に美しいよ。謁見《えっけん》の時には、どこの女神が舞い降りたのかと思ったくらいだ」

「ふふ、ありがとう。カイルお兄さまもとても素敵よ。いつも素敵だけれどね」

踊りながら、こそこそと話す余裕さえある。ああ、すごく楽しい。これでもう終わりだなんて。

曲が終わると、私とカイルは一礼した。そしてカイルが私の手を取ると、兄たちの元へ歩き出す。

「次は俺の番だったんですけれどね」

「許せ」

バルトの少し呆れたような声に、カイルはしれっと返す。そして私の手にキスを落とすと、その手をバルトへ渡した。

「もう行かなくては。ミリィ楽しかったよ」

「ミリィもよ」

いつの間にか近くに立っていたエメルと共に、カイルは去っていった。

本当に楽しかった。兄たちと踊ることがこんなにも楽しいものだとは知らなかった。この日はこれ以上別の誰かと踊ることはなく、その後会場に残るという双子を置いて、ジュードとシオンと帰宅した。

帰宅して、お風呂に入って寝る準備をしてから、今日の添い寝担当のジュードの部屋へ行く。

「ジュード、もうねむねむなの……」

部屋に入ってすぐにジュードに抱きつく。朝からの準備とダンスで疲れたのだろうか。ただ気持ちのいい疲れ具合であった。ジュードは私を抱えると、ベッドへと歩いていく。

「俺のミリィは、今日一人前の令嬢になったのに、やっぱり可愛いな。これからもずっと甘えてくれると嬉しいのだけれど」

私をベッドに降ろすと、ジュードもベッドに入った。

「ミリィはずっとジュードが大好……」

私の記憶はそこで停止し、夢の中へ誘われる。

意識の遠くで、ジュードが微笑む気配がしたような気がした。

番外編　長兄ディアルドの恋愛事情

番外編　長兄ディアルドの恋愛事情

ダルディエ公爵家の長男であり後継者でもあるディアルドは、小さい頃から縁談が絶えなかった。縁談話と一緒に釣書《つりがき》も送られてくるが、こういうものは誇張され美化されたものが届くのが常で、正しい情報が載っていない気がして、正直見る価値があるのかも怪しいと思っていた。

両親は恋愛結婚なため、幸いなことにディアルドに政略結婚を押し付けることもなく、父はディアルドが結婚したい相手と結婚すればいいと言ってくれていた。もちろん、言外にはダルディエ公爵家の後継者に相応しい相手は見極めるように、という含みはあるだろうが、それはディアルドとしても承知している。

少なくとも、家柄だけなら伯爵家以上の令嬢であれば問題ないだろうが、未来の公爵夫人としての役割を苦に思わない子が本人にとっても良いかと思っている。

とはいえだ、そういう背景は考えつつも、今でも仲の良い両親を見て育っているからか、できれば愛情が持てる相手がいいとは思う。

そういう思いで、これまで婚約も見据えながら令嬢たちと交際をしてきたが、一生添《そ》いたいと思えるほど惹かれる相手は今のところ現れていない。

これまで交際した令嬢たちは、ディアルド自身より、ダルディエ公爵家の後継者の妻という立場の方が魅力的だと思っているのが透けて見える子が多かった。それも含めディアルドだと言えばそうなのだろうが、それ以外の部分をより多く魅力的と思ってもらいたい。

他にも、ディアルドを連れて夜会に出るのを自慢気にする子、自尊心が高すぎる子、女性の体を武器にしてくる子、ディアルドの前だけ態度を変える子などもいた。

そういえば、会うのを断った日にミリィとデートしたら、後日それを知って、『恋人の自分より妹が大事なのか』と聞いてきた子もいた。『どっちも大事』と答えれば不機嫌になるだろうと思うが、それさえ答えなかったことがお察しだろう。

『妹は可愛い』と話題にしたことがあるのに、そういうことを聞いてくること自体、意味がないと思わないのだろうか。

とにかく、全体的に彼女らは交際するだけで、駆け引きばかりしているような気がして疲れるのだ。恋愛とはそういうものも含むことは分かっているが、許容できるのには限度がある。

そういうわけで、結局、婚約したいと思える子になかなか出会えていなかった。

そんな時だった。仕事のためにカロディー家を訪れて、現地の部下とユフィーナと三人で一緒に昼食をしていた時のこと。普段、ディアルドの前では口数の少ないユフィーナが、突然顔を真っ赤にして口を開いた。

「きょ、今日の夕食をディアルド様とご一緒できませんか？」

「……？　そのつもりですよ？」

連日で仕事の予定だったので、この日はカロディー家に泊まるのだ。そういう時は、いつも夕食をユフィーナと一緒にしていたのだが。

「あ、あの……、二人で……」

「……」

ディアルドは部下を見た。ユフィーナに夕食の場から外されそうになっている部下は、ニヤニヤとディアルドを見ている。その顔をやめろ。

この誘いは、好意を寄せられていると察し、少し驚く。

ユフィーナとは、彼女が小さい頃から接してはいたものの、五歳の年齢差がある。

今回のように仕事がらみで一緒に食事をすることはあっても、普段からディアルドとは多くの会話はなかった。

ユフィーナも大人になり、清楚《せいそ》で綺麗だと貴族子息たちに人気があるのは知っていた。ディアルドの友人もユフィーナに求婚すると言っていた。

ディアルドは女性から交際を申し込まれる場合を除いて、友人が気になっている女性とは交際しないと決めているので、ユフィーナを最初から恋愛対象と見ていなかった。ユフィーナの方もディアルドに興味があるとは思っていなかった。

そういえば、少し前に帝都にいた時、ミリィにねだられてディアルドは保護者として観劇について行った。

その時にユフィーナも一緒だったが、あの時は会話も弾んで楽しい時間を過ごしたものの、ミリィの誘いがやけに唐突だとも思ったのだ。

もしかして、ミリィが関わっていたりするのか？

「や、やっぱり、図々しいお誘いでしたね……。申し訳ありません」

色々と考えていたら、ユフィーナが若干涙目で発言を取り下げようとしていた。

「あ、いや。驚いただけだよ。……二人で夕食をしようか」

「……!!　あ、ありがとうございます……！」

せっかくの誘いを無下《むげ》にはできない。

その日、二人で夕食をした。普段口数が少ないと思っていたユフィーナだが、今日は反対に口数が多かった。話題は主にミリィのことだけれど。

もしかしたら、これまでディアルドに対しては、好意があったから緊張して口数が減っていたのかもしれないと察した。きっと今はディアルドとたくさん話そうと努力しているのだろう。

そして、その夕食の最後にユフィーナは好意を伝えてきた。

「初めてお会いした時から、ディアルド様は優しくて頼りになる素敵な方だと思っていました。ディアルド様が、す、好きなんです」

ユフィーナは真っ赤で恥ずかしがりながらも続ける。

「ディアルド様と交際する機会をいただけませんか？　ディアルド様の好きなことや好きなものが知りたいです。そ、それに、わたくしのことも知って頂いて、よければ好きになっていただけたらと……」

勇気を振り絞って、健気に思いを伝える姿のユフィーナが可愛かった。本気なのも伝わって、ディアルドは応えたいと思った。

「……そうだね、付き合おうか。俺もユフィーナ嬢を知っていきたいと思うから」

ディアルドがそう言ったときのユフィーナの嬉しそうな表情は、すごく綺麗だった。

それからというもの、仕事でカロディー家を訪れる場合以外にも、ダルディエ領の街でデートを重ねた。

ユフィーナは普段は温和で、他の令嬢のように駆け引きばかりする必要もない。

だから一緒に過ごす時間が穏やかで好きだった。その中で、たびたびディアルドに好意を表してくれている。

またユフィーナは刺繍《ししゅう》やレース編み、裁縫関係を趣味にしているらしい。

ある日のカロディー家で、ユフィーナから刺繍《ししゅう》したハンカチをプレゼントしたいが、貰ってくれるかと聞かれ頷《うなず》くと、用意されたハンカチの量に驚いた。

どれも、ハンカチの角の一ヶ所に刺繍《ししゅう》がされている。色んな種類の花、植物、鳥、ダルディエ家の紋章、ディアルドの名前まで。

「たくさんあるね。専門家みたいに上手にできてる」

「ディアルド様がお好きなものを刺繍《ししゅう》したのですが、作り出したら楽しくなってしまって、作り過ぎてしまいました。ディアルド様が気に入られたものを貰ってください」

刺繍《ししゅう》の一つに、人が描かれているのに気づき、それを取った。すると、ユフィーナが笑顔を向ける。

「あ、やっぱりディアルド様は、それが気に入られましたか？」

「……こ、これ、ミリィかな？」

「はい！」

「……」

銀糸と桃色を組み合わせた糸を髪色に模《も》した女の子の刺繍《ししゅう》は、どこからどうみてもミリィだった。ユフィーナは、ディアルドが好きなものを刺繍《ししゅう》したと言っていた。ディアルドがミリィを好きなのは間違っていないが、ミリィを選んで刺繍《ししゅう》するとは予想外だった。

母も刺繍《ししゅう》が趣味だが、そのモチーフは花や植物といったものが多い。人物がモチーフなのはあまり聞いたことはなく、独特と言っていいと思う。

なんだか笑いそうで、それを我慢していると、ユフィーナが横に置かれた籠《かご》から別のハンカチを取り出した。

「ミリディアナ様の刺繍《ししゅう》は、わたくしともお揃いなんです！」

「ふっ……」

嬉しそうなユフィーナには悪いが、吹き出してしまった。

最初は共通の話題はミリィしかないから、ミリィの話が多いのかと思っていたが、最近ちょっとその考えが変わっていた。

好きの意味こそ違うだろうが、ユフィーナはディアルドと同じくらいミリィも好きなのだ。そして、この流れだとユフィーナは、自分の好きなものも刺繍《ししゅう》したはず。

ディアルドは笑いながら口を開く。

「ミリィの刺繍《ししゅう》が可愛いね。ありがとう。これをいただこうかな。……もしかして、俺が刺繍《ししゅう》されたハンカチもあったりする？」

「……っ」

ユフィーナが顔を赤くして狼狽《うろた》えたところを見ると、図星のようだ。

「見せて欲しいな」

「え、えっと……」

ディアルドのお願いは予想外だったのか、若干の抵抗の意思を感じた。

とはいえ最終的にユフィーナは籠《かご》からそっとディアルドの横顔と思わしき、金糸で髪を表した刺《し》繍《しゅう》のハンカチを取り出した。ディアルドの特徴を捉《とら》えている。

「……申し訳ありません」

「どうして謝るの？」

「お嫌ではありませんか？　……その、勝手にディアルド様モチーフのものを作ってしまって」

「嫌とは思わないよ」

「……!!　では、またディアルド様をモチーフにしても、いいですか？」

「いいよ。俺が好きなんだな、って気持ちは伝わるし」

「は、はい！　ディアルド様が好きです！」

いつものように好きだと伝えてくれるユフィーナに、「ありがとう」と言って、ユフィーナの手を取って指先にお礼のつもりでキスをした。

　ユフィーナは真っ赤になり、恥ずかしいのか、「少しお待ちください！」と部屋を出ていってしまった。そして、再び戻ってきた時には、別の籠《かご》を持っていた。

「わたくしの私物なのですが、ミリディアナ様の刺繍《ししゅう》を気に入っていただけたようなので、こちらもよろしかったら、受け取ってください！」

　ユフィーナが籠《かご》から取り出したのは、ミリィを模《も》したぬいぐるみのようなもの。

　あれ？　刺繍《ししゅう》もだけど、どちらかというと好意に対するお礼のつもりだったんだが、ミリィの刺《し》繍《しゅう》が気に入ったと思われている？

「ミリィのぬいぐるみ？　これも手作り？」

「はい！　レックス商会で販売されているぬいぐるみを参考に作りました。始めて作ったものなので拙《つたな》い部分はあるのですが、とっても可愛くできたのでお気に入りなんです。ミリディアナ様から勇気をもらえます！」

「……ミリィから勇気を？」

「はい。ミリディアナ様には、これまでたくさん助言をいただいて助けられてきましたから」

　ミリィは時々ディアルドやジュードや父と一緒に、カロディー家へ来てユフィーナとお茶会をしているのは知っていたが、思っている以上に二人は仲が良いようだ。

「あとこれは……ディアルド様も欲しくなって、作ってしまったものです」

　ユフィーナは、恥ずかし気に籠《かご》から今度はディアルドを模《も》したぬいぐるみを出した。

『ディアルドが欲しくなった』というのは、ぬいぐるみのことだとは分かるが、別の意味に聞こえる。

「ユフィーナのはないの？」

少しピクっと体を揺らしたユフィーナだが、躊躇《ためら》いつつも、籠《かご》からそろっとユフィーナのぬいぐるみを出した。

「……ディアルド様とミリディアナ様に囲まれたくて、わたくしのも作ってしまいました……」

まるで隠し事を白状するような表情のユフィーナ。予想通り、やっぱりあった。

ミリィも猫好きが生じて、猫を模《も》した小物をたくさん作る傾向にあるが、ユフィーナも似たような意味で好きなものを集めたりするのが好きなのかもしれない。

ふと、別のことが気になって、口を開いていた。

「ジュードや俺の父のぬいぐるみもあったりする？」

「え!? い、いいえ、作っていませんでした……！ 申し訳ありません！ よろしければ、作りましょうか!?」

「いや、作らなくていいよ」

「……？」

ジュードや父は、ユフィーナにとって特別ではないらしい。それを聞いてほっとしているあたり、自分の気持ちがユフィーナに傾いているのだと気づく。

「可愛いぬいぐるみを見せてくれて、ありがとう。でも、勇気をもらえるのなら、これはユフィーナの大事なものだよね。だから、ユフィーナが今まで通り大事にしてくれればいいよ」

「そうですか？」

「うん。俺は、ハンカチの方をいただくよ。……そうだ、何かお礼をしなくてはね。何か欲しいものはない？」

「そ、そんな……！　これは、わたくしが作りたくて作ったものですから、お礼なんてお気になさらず……！」

「嬉しかったから、ぜひお礼はさせて欲しいな。ほら、何か欲しいものを言って？」

ユフィーナは遠慮しつつも、口を開いた。

「……では、ディアルド様と一緒に、て、手を繋いでのんびりお散歩したいです……」

「……そんなことでいいの？」

「はい、ぜひに！」

アクセサリーか宝石あたりの何かが欲しいかなと予想していたのだが、可愛いお願いだった。なんだか、ユフィーナとは穏やかな時間が過ごせる。癒しかもしれない。

数日後。

ダルディエ公爵邸に帰ったディアルドは、その日はミリィの添い寝の日だった。寝るためにディアルドの部屋にやってきたミリィは、やけに上機嫌だ。

なんだろうとは思いつつ、二人でベッドに入る。隣に横になった仰向《あおむ》けのミリィに、おやすみのキスをしたのに、そのミリィは今度はうつぶせになって、肘を付いた。

隣で仰向《あおむ》けになってるディアルドに、ミリィはニコニコと笑みを向け、わくわくとした表情で口を開いた。

「今日ね、ユフィーナ様から手紙が届いたの！　ディアルド、ユフィーナ様と恋人になったって、本当ー？」

なるほど、その件で上機嫌なのか。恋愛の話が大好きなミリィは、定期的にディアルドに恋人がいるのかどうか聞いてくるのだ。普段は詳しくミリィに話すことはしないのだが、ユフィーナのことなら話してもいいと思った。

「そうだよ」

「やったぁ！　ユフィーナ様が告白したのよね！　ユフィーナ様、可愛かったでしょ？」

「可愛かったよ。やっぱりミリィは前から知ってたんだ。ユフィーナが、ミリィに前から助言をたくさんもらってるとか言ってたけど」

「前から助言？　なんだろう。元お姉様たちに負けずに頑張ろうって話をしたやつかな？」

「ああ、それかな？」

「助言ってほどじゃないんだよ。ユフィーナ様が頑張ったから良い結果になっただけなの。……ふふ、だからね、ユフィーナ様は昔から頑張り屋さんで、ディアルドが好きだから頑張るって言ってたの！」

ディアルドは笑みを浮かべた。

「なるほど。それで、恋愛に関してもミリィが助言したの？」

「うん！　ちょっとだけね！　ちょうどそういう本を読んだばかりだったの！」

「指南は本だったか……」

「ふふふ！　でも、ユフィーナ様が言わなかったら、ディアルドはユフィーナ様の気持ちを知らなかったでしょ？」

「それはそうだね」

「ディアルドもユフィーナ様を好きになって来てるよね？」

ディアルドは少し驚いた。

「どうしてそう思う？」

「だって、今までの恋人はミリィが聞いてもディアルドは詳しく話したくなさそうだったもん。紹介したくないような恋人なのかなーって思ってた」

将来までを考えられる恋人ではなかったことを、ミリィは察していたらしい。

「ユフィーナ様のことはミリィが知ってるから話してくれたのかもしれないけれど、ディアルドの表情は柔らかいし、ユフィーナ様のことは好きなのかなって感じたよ」

「……そうだね。ユフィーナのことが好きだよ」

ミリィは兄をよく見ている。

キラッキラの瞳で嬉しそうなミリィ。

「えー!!　それ言ったら、ユフィーナ様はどんな感じだった？　嬉し泣きしたんじゃないかな？」

「……まだ、言ってない」

「……えっ⁉　どうして⁉」

「……本当にね。次に会った時に言うよ」

「そうよ！　ディアルドは愛情表現豊かなのに何で言わないの？　いつもミリィに愛してるって言うでしょう？」

　確かに、ミリィには素直に愛を伝えていた。しかし、駆け引きばかりだった過去の恋人とは、穿《うが》った見方ばかりで疲弊していた。自分の素直な気持ちを伝えなくてはいけないことを、忘れていたかもしれない。

「……そうだね。俺は考えすぎていたのかもしれない。今後は素直に行動してみようかな」

「うん！　ユフィーナ様がどんな感じだったか、今度教えてね！」

　ミリィは、ディアルドにおやすみのキスをして、眠りの世界に落ちていく。素直なミリィに教えられることも多い。

　それからというもの、ディアルドはユフィーナに会う度に好きだと伝えるようになった。ミリィの想像通り、初めて好きと伝えた時は嬉し泣きされた。

　ユフィーナは普段は穏やかで優しく友人も多い。

　しかし、観察していると、恥ずかしがったり、ディアルドにはまっすぐだったり、好きなものにはこだわりがあったり、努力家だったり、ディアルドだけに見せてくれる表情があるのが分かって、そういうのをこのまま独占したいと思う。ディアルドは自覚してしまえば、転がり落ちやすいタイプだったようだ。

積極的にディアルドがデートに誘うようになった。頻繁にユフィーナに会いたくなってしまう。抱き寄せてキスして、恥ずかしそうに固まるユフィーナを見るのも好きだ。

恋人になって一年以上が過ぎた頃、ユフィーナに求婚をした。愛しているし、末永く傍《そば》にいて欲しいから。

ユフィーナの同意を得て、婚約することになった。しかし、正式に婚約まで契約していなかった少しの間に、ユフィーナに別の求婚者が現れ、色々あったが、無事ディアルドたちは婚約が成立した。ユフィーナを誰かに渡したくなくて、ほっとした。

帝都にて、ディアルドの婚約が公になった後の初めての舞踏会へ向かう。馬車の中でディアルドはユフィーナの隣に座っていた。

「俺との婚約が公になったから、さすがにユフィーナに手出しする人はいないと思うけど、まだ知らない人もいるかもしれないから、今日は俺から離れないで」

ユフィーナは可愛いし人気があるから心配だ。ユフィーナは微笑みながら頷《うなず》いた。

「はい。でも、心配いりません。わたくしはディアルド様しか見えていませんから、きっぱり断れますわ」

うん、ユフィーナが可愛い。吸い寄せられるように口づけようと唇を近づけたところで、頰を赤く染めたユフィーナが待ったをかけた。

「こ、これから舞踏会ですから。その……キスはまたあとで……帰りにして欲しいです」

そうだった。ユフィーナの口紅が落ちるのは良くない。残念に思いつつも、代わりにユフィーナの手をすくって指先にキスを落とす。

「分かった。また帰りにね」

すでに今まで何度もキスをしているのに、今も恥ずかし気なユフィーナが可愛い。そして、帰りにキスしてとねだられたことに満足する。自分は結構単純な人間だ。そういうことに幸せを感じるユフィーナと出会えたことは、幸運だと思った。

新＊感＊覚 ファンタジー！

レジーナブックス Regina

レジーナブックス Regina

異世界転生ギャルの逆転劇!!

出来損ない令嬢に転生したギャルが見返すために努力した結果、溺愛されてますけど何か文句ある？

やきいもほくほく
イラスト：しもうみ

ある日突然異世界の「出来損ない令嬢」チェルシーになってしまった女子高生キララ。貴族社会の常識も知らなければ異世界転生のお約束も分からない、更に妹の策略で味方もいない、という状況を打開すべく、まずは厳格なことで有名な家庭教師に教えを請う。持ち前のガッツで指導を乗り越えたチェルシーの評価はうなぎのぼり、王太子バレンティノや公爵令嬢スサナといった人脈も増えて……

詳しくは公式サイトにてご確認ください。

https://www.regina-books.com/

この作品に対する皆様のご意見・ご感想をお待ちしております。

おハガキ・お手紙は以下の宛先にお送りください。

【宛先】

〒150-6019 東京都渋谷区恵比寿 4-20-3 恵比寿ガーデンプレイスタワー 19F
（株）アルファポリス　書籍感想係

メールフォームでのご意見・ご感想は右のＱＲコードから、
あるいは以下のワードで検索をかけてください。

アルファポリス　書籍の感想　検索

ご感想はこちらから

本書は、「アルファポリス」（https://www.alphapolis.co.jp/）に掲載されていたものを、
改題、改稿、加筆のうえ、書籍化したものです。

七人《ななにん》の兄《あに》たちは末《すえ》っ子妹《こいもうと》を愛《あい》してやまない3

猪本夜（いのもと よる）

2024年 3月 5日初版発行

編集－飯野ひなた
編集長－倉持真理
発行者－梶本雄介
発行所－株式会社アルファポリス
〒150-6019 東京都渋谷区恵比寿4-20-3 恵比寿ガーデンプレイスタワー19F
TEL 03-6277-1601（営業） 03-6277-1602（編集）
URL https://www.alphapolis.co.jp/
発売元－株式会社星雲社（共同出版社・流通責任出版社）
〒112-0005 東京都文京区水道1-3-30
TEL 03-3868-3275
装丁・本文イラスト－すがはら竜
装丁デザイン－AFTERGLOW
（レーベルフォーマットデザイン―ansyyqdesign）
印刷－図書印刷株式会社

価格はカバーに表示されてあります。

落丁乱丁の場合はアルファポリスまでご連絡ください。

送料は小社負担でお取り替えします。


ISBN978-4-434-33503-7 C0093